CONTRÔLE

TRÉSOR: T2

JESSA JAMES

Contrôle : Copyright © 2020 par Jessa James

Tous droits réservés. Aucune partie de ce livre ne peut être reproduite ou transmise sous quelque forme que ce soit ou de quelque manière, électrique, digitale ou mécanique. Cela comprend mais n'est pas limité à la photocopie, l'enregistrement, le scannage ou tout type de stockage de données et de système de recherche sans l'accord écrit et exprès de l'auteur.

Publié par Jessa James
James, Jessa
Contrôle

Design de la couverture copyright 2020 par Jessa James, Auteure
Crédit pour les Images/Photo : Deposit photos: Yafimik; Silver

Note de l'éditeur : Ce livre a été écrit pour un public adulte. Ce livre peut contenir des scènes de sexe explicite. Les activités sexuelles inclues dans ce livre sont strictement des fantaisies destinées à des adultes et toute activité ou risque pris par les personnages fictifs dans cette histoire ne sont ni approuvés ni encouragés par l'auteur ou l'éditeur.

NOUVELLES DE JESSA JAMES

Abonnez-vous à ma liste de lecteurs VIP français ici :
http://ksapublishers.com/s/jessafrancais

1

KATHERINE

Je sprinte aussi vite que je peux, loin des flics qui me poursuivent. Vers quoi, je ne sais pas. Je cours vers les deux entrepôts qui s'affaissent côte à côte.

Mon cœur bat la chamade à mes propres oreilles.

Boum-boum.

Mes muscles me font avancer, mais mes bras et mes jambes protestent à chaque pas.

Boum-boum.

Mon esprit s'emballe, essayant d'assembler un puzzle dont je n'ai pas toutes les pièces. Je n'ai pas beaucoup de pensées cohérentes, juste un tas de réactions basées sur l'instinct pur.

Boum-boum.

J'atteins le goulot d'étranglement, mes mouvements sont cachés de tous ceux qui se trouvent derrière moi. Je cours à travers le passage étroit, en continuant vers la droite. Je vois une porte partiellement ouverte à vingt mètres devant moi. Mes poumons me crient d'arrêter maintenant, alors je sprinte vers la porte, en me faufilant à l'intérieur.

Dès que j'arrive à l'intérieur, la lumière du crépuscule me manque. Ici, il fait sombre, c'est humide et ça sent le moisi, et mes yeux mettent un moment à s'adapter. L'entrepôt est plein de vieilles caisses et de boîtes empilées et quatre fois plus hautes que moi.

Il faut que je parte d'ici, vite. Debout ici, comme ça, je suis une cible facile. Trois possibilités se présentent, et je dois décider laquelle prendre. Je choisis la gauche, en me déplaçant le plus rapidement et le plus silencieusement possible le long de la rangée de boîtes qui s'élèvent au-dessus de moi.

Il y a des passages créés par les boîtes, ici et là une pile se termine au hasard et il y a un espace avant que la suivante ne commence. Je vois rapidement qu'il n'y a pas seulement les trois passages, mais en fait tout un réseau de voies corollaires.

En partant à droite, en dehors du chemin principal, je me fraie un chemin dans le labyrinthe. Au fur et à mesure, je dois ralentir car les chemins que j'emprunte deviennent de plus en plus petits, me coinçant presque entre les boîtes imposantes.

Je commence à avoir la même sensation de claustrophobie que celle que j'ai ressentie plus tôt dans le 4x4. *Si je meurs ici, les flics pourraient laisser mon corps parmi les cartons et il y a de fortes chances que personne ne s'en aperçoive.*

En supposant que quelqu'un me cherche.

Étant donné que le frère dont je suis le plus proche, Tony, vient de me vendre aux flics qui me poursuivent en ce moment, j'en doute sérieusement.

Je me touche la poitrine et refuse de laisser ces pensées s'installer dans mon esprit. Pas quand il y a tellement en jeu.

J'arrive à ce qui semble être le centre du labyrinthe, et je réalise le problème principal que pose le fait d'être parmi les boîtes. Il n'y a nulle part où se cacher.

Je m'arrête, je regarde la lourde boîte en carton à ma droite et je l'examine pour voir comment y entrer. Je trouve une jointure, en suivant le contour de la boîte avec mes doigts. Mais il faudrait que j'arrive à m'introduire dans la boîte.

Je jette un coup d'œil à l'imposante pile de boîtes qui se trouve au-dessus, en me mordant la lèvre. Il n'y a aucun moyen de savoir si la boîte du bas ne s'effondrera pas, m'emprisonnant à l'intérieur. Et c'est seulement si je réussis à entrer à l'intérieur, sans aucun outil pour m'aider.

— Hé, par ici ! la voix d'un homme se rapproche. Bien que la voix soit un peu distante, je reconnais que c'est celle d'un des flics. Il avait dû entrer en courant par la porte ouverte.

Merde. Ils viennent vers moi, ce n'est qu'une question de temps. Je regarde autour de moi, complètement déboussolée. Je dois commencer à bouger, c'est plus qu'une certitude.

Je décide d'aller plus loin vers l'arrière de l'entrepôt, en espérant qu'il y ait une sortie ou au moins un endroit où je puisse me cacher. Dans mon empressement à me déplacer rapidement, je heurte l'une des piles de boîtes avec mon épaule, si fort qu'elle bascule d'avant en arrière pendant une seconde.

En me reculant, je m'éloigne des boîtes, je prie pour qu'elles ne tombent pas. Je n'avais pas encore envisagé cette possibilité, mais je ne veux surtout pas signaler aux flics que je suis bien à l'intérieur de cet entrepôt. C'est en tout cas ce que fera, au minimum, le fait de faire tomber certaines de ces boîtes géantes.

Loin derrière moi, j'entends un des flics jurer, et j'ai l'impression qu'il vient de comprendre que les boîtes sont également mobiles.

Au fur et à mesure, le passage s'ouvre progressivement. Je me précipite dans le couloir qui s'élargit, en essayant de comprendre ce qui se trouve à l'autre bout. Ma respiration est rauque et pénible dans mes propres oreilles.

Je prie en silence pour que personne d'autre ne puisse l'entendre. Je continue à avancer, seule ma volonté me permet encore de me déplacer, puis, soudain, je sors du labyrinthe.

Je regarde à gauche et à droite ; à gauche, au fond, il semble y avoir un ensemble de doubles portes. Devant moi, il y a un deuxième étage qui semble être des bureaux. Tout à fait à droite, des escaliers mènent au deuxième étage.

Je me précipite vers la sortie, ignorant un rat sur mon chemin. Je pousse mes bras et mes jambes, et je fonce à toute allure vers les portes. Il y a des graffitis partout le long des murs ici, tous rouges et noirs, l'artiste a dû s'exercer à faire son tag encore et encore.

Skinx, lit-on. *Skinx. Skinx. Skinx. Skinx. Skinx.*

Je peux entendre les flics se crier dessus alors qu'ils parcourent le labyrinthe. Je ne peux pas vraiment savoir ce qu'ils disent, car leurs voix sont étouffées par tout le carton, mais je sais qu'ils sont toujours à mes trousses.

Je me rends jusqu'aux doubles portes, mais je les trouve cadenassées, avec une chaîne entrelacée entre leurs poignées individuelles. Je pousse quand même sur une porte, sentant la panique monter à nouveau. Elle s'ouvre de quelques centimètres avant que la chaîne ne se tende.

Merde ! Je frappe la porte avec ma main, et je fais ensuite une grimace à cause du bruit que je viens de causer. J'ai besoin d'une autre issue de secours, ou au moins d'une cachette. Je regarde derrière moi, puis à ma droite. Je ne veux pas être enfermée ici, mais il semble que je n'aie pas le choix. Je commence à courir vers l'autre bout, en concentrant toute mon énergie sur l'escalier métallique miteux qui mène au deuxième étage.

Mes poumons brûlent quand je les atteins. Je monte les premiers escaliers avec un bruit de claquement, avant de réaliser à quel point je suis bruyante. En jetant un coup d'œil sur la multitude de boîtes, je ralentis le rythme, espérant que je ne me suis pas déjà trahie.

Chaque pas à vitesse réduite est une torture. Je gravis les marches en silence, puis je prends mon envol, en courant à la seconde où je touche le palier. Un des bureaux est juste devant moi, la porte a été laissée négligemment entrouverte, et je me précipite à l'intérieur. Je ferme la porte derrière moi, mais elle ne se ferme qu'aux trois quarts.

Je jette un coup d'œil autour de moi, en essayant de m'orienter. Il y a une grande fenêtre en verre juste derrière moi, qui fait partie du mur du bureau. Mais je ne m'en soucie pas. Au moins, de cette façon, je ne suis pas aussi terriblement exposée que dans les escaliers. Je regarde autour du bureau, qui est rempli de dizaines de piles de petites boîtes. J'aperçois un meuble de bureau derrière toutes les boîtes.

Bingo. Je peux m'y cacher.

Accroupie pour éviter d'être vue, je me fraye un chemin entre les piles, et je finis par atteindre le bureau dans le coin le plus à droite. Il est en vieux bois moisi, terriblement penché sous le poids des boîtes empilées dessus. On dirait qu'il peut s'effondrer à tout moment, mais ça n'a pas d'importance.

Je me mets tout de suite à genoux et je me précipite en dessous, soulagée de pouvoir être dissimulée. Dès que je m'arrête de bouger, je ressens une crampe dans la cuisse, mon corps protestant contre l'activité de la dernière heure.

Je me masse la jambe du mieux que je peux, en m'asseyant et en tendant les oreilles pour écouter les bruits des flics. J'essaie de respirer aussi régulièrement que je le peux, tandis que mon esprit est en ébullition.

Est-il possible qu'ils abandonnent tout simplement, en pensant qu'ils se sont peut-être trompés d'entrepôt ? Pourrais-je, s'il vous plaît, obtenir une seule pause en ce jour horrible ?

Quand j'entends le faible bruit des pas faits par des bottes dans l'escalier, je déglutis. J'aurais dû savoir que je ne serais pas aussi chanceuse. Je ferme les yeux pendant une seconde, en repoussant les larmes qui me piquent les yeux.

Ce n'est pas le moment de pleurer, pas maintenant. Je mets une main sur ma bouche, terrifiée à l'idée que si je fais un bruit, ils sauront exactement où me trouver.

Tap, tap, tap...

J'entends le bruit de grosses bottes qui quittent l'escalier en métal et qui se dirigent vers moi. Des frissons commencent à m'envahir à mesure que les sons se rapprochent.

— Par ici, Hunt , dit l'un d'entre eux, juste à l'extérieur du bureau. Regarde comment la poussière a été déplacée, ici et ici.

— Ça pourrait être celui qui a tagué en bas.

— Tu as déjà entendu parler d'un tagueur qui explore une zone sans laisser de traces ? le flic glousse.

Le long et triste grincement de la porte du bureau qui s'ouvre se fait entendre.

— Tu devrais sortir tout de suite ! me dit le flic. On ne te fera pas de mal à moins d'y être obligés.

Non, vous allez juste me vendre à un fou. Une personne qui croit qu'elle peut et doit posséder des gens.

Je garde la bouche fermée, en essayant d'étouffer les larmes amères qui menacent de se déverser. Blottie sous le bureau, je prie Dieu, même si je ne crois pas en lui.

Je vous en prie. S'il vous plaît, si vous m'écoutez... sauvez-moi. S'il vous plaît, sauvez-moi.

Je sursaute quand les flics renversent une des piles de boîtes.

— Allez ! la même voix m'appelle. Ne me force pas à te traquer ! Sors juste d'ici !

— Elle n'est pas là, dit l'autre flic, d'un ton las.

— Si, elle y est. La voix se rapproche de plus en plus. Et elle ferait mieux de sortir si elle veut rester en vie.

Je ne peux pas bouger. Je ne peux pas respirer. Je ne peux pas penser.

Tout ce que j'entends, ce sont les pas, qui tournent en rond, prêts à bondir au moindre signe de vie.

— Allons vérifier d'autres pièces à cet étage. Le flic a l'air impatient. Nous n'avons pas toute la journée pour livrer la fille. J'ai des trucs à faire.

Il y a une longue pause. Je suis assis là, terrifiée, pendant que le flic essaie de prendre une décision. Puis un homme mécontent soupire.

— Ouais, d'accord.

Les pas commencent à s'éloigner. Je suis tellement soulagée que j'ai failli laisser échapper un souffle. Je me déplace un peu sur ma gauche et le bureau grince bruyamment.

Les pas s'arrêtent. On murmure un juron.

— Putain, je t'avais dit qu'elle était ici, dit le flic. Putain, je te l'avais dit !

Leurs pas se dirigent vers moi à toute allure. Je ferme les

yeux, secouée par des convulsions, incapable de regarder le flic qui me cherche. Il m'attrape par le bras et me traîne sous le bureau. Mes yeux s'ouvrent alors qu'il me tire pour me redresser.

— Espèce de putain de salope débile, lance-t-il, triomphant. Tu vas regretter de t'être enfuie. Nous allons faire en sorte que tu sois vendue à un acheteur que tu supplieras de te tuer.

Je vois l'autre flic qui s'approche, une seringue toute prête dans la main. J'ouvre la bouche pour répondre, mais que suis-je censée dire ? Au lieu de cela, je me mets à pleurer, en émettant des sons incohérents.

— Amenez-la ici, dans le bras, dit le premier flic, en tendant mon bras.

L'officier me pique dans le bras, je ressens une petite pointe de douleur. Tout commence à se brouiller, le monde autour de moi perd sa forme.

— J'aurais dû la droguer dès le départ, murmure l'un d'eux.

Et puis tout devient noir.

2

KATHERINE

Je me réveille lentement et je réalise que je suis allongée face contre terre, posée sur quelque chose de dur. Je me hisse sur mes bras tremblants, en regardant l'espace dans lequel je me trouve. Je suis sur le sol de la pièce, la chaleur de mon corps absorbée par le ciment froid. J'essaie de me concentrer.

Je suis dans une sorte de petite chambre, avec un lit de camp, une couverture de laine grise qui gratte et un seau. Tout est gris et lugubre, de la même couleur que les murs en parpaings. Il n'y a pas de fenêtre et la pièce ne doit pas faire plus de deux mètres carré.

C'est une cellule de prison, je m'en rends compte. Je suis dans une prison, et personne ne sait ou ne se soucie du fait que je sois ici.

Cette pensée tourne dans ma tête, mais je ne peux pas m'y accrocher. Je ne peux pas me focaliser sur quoi que ce soit pendant trop longtemps, ce qui me convient pour l'instant.

Le monde est encore flou. C'est la faute des drogues que les flics m'ont données, je crois. Ce qu'on m'a injecté a laissé un goût amer dans ma bouche, et me donne même une sensation de faiblesse dans les os. Je m'assieds, remarquant que ma robe rose pâle a disparu, remplacée par une robe droite grise amidonnée dont la texture pique ma peau nue.

Mon soutien-gorge a également disparu, ce qui signifie que quelqu'un m'a vue nue quand il a changé mes vêtements. Je vérifie si ma culotte est toujours en place et je suis soulagée de constater que je porte toujours le même bout de satin blanc qu'avant.

Au moins, c'est déjà ça.

Je me mets debout, tout mon corps est courbaturé d'avoir couru pour sauver ma peau hier. Ce sont mes pieds nus qui protestent le plus. Je peux sentir des ampoules récentes qui sont apparues partout où mes pieds étaient en contact avec mes chaussures et sur le dessous de mes pieds.

Je me dirige en boitant vers la porte qui ressemble à une porte de prison, pose mes mains et appuie sur le métal plat. Il y a une fente à mi-hauteur de la porte, d'environ quinze centimètres sur huit. Je me penche pour regarder à travers, mon corps manifestant son mécontentement. De l'autre côté, tout ce que je peux voir est un bout de mur nu.

— Salut ? je lance. Salut ? Y a quelqu'un ?

Le silence est la seule réponse, et elle est assourdissante. Je me retourne, face à ma minuscule cellule. Mon cerveau est encore embrouillé, ce qui m'empêche de réfléchir aux pires aspects de ma situation.

Le regard de Tony juste avant que les flics ne m'emmènent. Culpabilité, anxiété, peut-être un peu de satisfaction.

Mon père, apparemment, m'a vendue à un acheteur inconnu. Je ne peux même pas exprimer ces sentiments sans me sentir enragée, alors il vaut mieux les laisser tranquilles.

L'avenir est empreint de mystère.
Où vais-je aller ?
Qui vais-je rencontrer là-bas ?
Vais-je même survivre très longtemps ?
L'université semble être un rêve lointain maintenant.

Au lieu de cela, je passe les heures suivantes à étudier chaque centimètre de ma cellule. Je trace les coutures des parpaings. Je retire le lit de camp du mur et trouve dans le coin un endroit où quelqu'un a creusé un trou dans le sol avec une sorte d'outil. Je plie et replie la couverture, à la recherche de mystères cachés.

Je me rends compte deux heures plus tard que je dois faire pipi. J'ai vraiment, vraiment envie. J'appelle à la porte pendant un moment, mais il n'y a pas de réponse.

Comme personne ne vient à mon secours et que ma vessie est sur le point d'éclater, je suis obligée d'utiliser le seau. Je m'accroupis au-dessus, sans le toucher. Il n'y a pas de papier toilette ni rien d'autre, alors je suis obligée de me laisser sécher.

Puis je m'allonge sur le lit de camp, j'ai des frissons et j'ai peur. Au bout d'un moment, les effets de la drogue qui rendaient tout un peu flou ont disparu de mon organisme. J'enveloppe la couverture de laine autour de mon corps, en tremblant. Mais la laine ne fait qu'empêcher l'air frais d'entrer ; elle ne peut pas empêcher les pensées qui menacent de me submerger.

L'avenir mystérieux. Tony. Mon père et le reste de ma famille. Est-ce que quelqu'un va savoir que j'ai été kidnappée ?

Ces pensées, et leurs variantes, se répètent jusqu'à ce que je me transforme en une sorte de dingue sanglotant. Puis je m'endors en pleurant. Je dors pendant un moment. Je me réveille et me souviens du lieu où je me trouve. Le cycle recommence.

Je stresse. Je pleure. Je dors.

Une journée entière, ou ce que j'estime être une journée, passe sans aucun signe de vie à l'extérieur de ma porte. À un moment donné, je m'assois près de la porte et crie pour que quelqu'un vienne, mais personne ne vient. Pas même quand mon ventre commence à avoir des crampes causées par la faim.

Ce n'est qu'au début du troisième jour que j'entends de grosses bottes descendre le couloir, en direction de ma cellule.

Je me précipite hors du lit de camp, en tenant la couverture de laine tout près.

— Bonjour ? dis-je, en mettant mon œil sur la fente.

En essayant de regarder dans le couloir, je distingue la forme d'un grand homme tout de noir vêtu qui se dirige vers moi. Je le fixe, lui et son crâne chauve, ses yeux de fouine, l'expression sinistre de sa bouche, la rigidité et l'inflexibilité de ses épaules. Si je le voyais dans la rue, je traverserais la rue pour l'éviter. Mais c'est une personne, et je n'ai pas vu âme qui vive depuis trois jours.

Quand il s'approche de ma porte, je ne sais pas si je dois me réjouir ou avoir peur. Il ne dit rien quand il déverrouille ma porte et l'ouvre.

— Viens, dit-il simplement, en me faisant signe de sortir de la cellule. Je me rends compte qu'il est russe, ou peut-être polonais ou ukrainien, à sa façon de parler.

— Où sommes-nous ? je demande, frissonnant de froid et de peur.

— Toi pas parler, ordonne-t-il, en s'avançant vers moi. Juste sors.

Je le regarde pendant une seconde, me demandant si je

dois lui résister. Et puis, à quoi est-ce que je résiste vraiment ? Je n'ai aucune idée de l'endroit où je suis maintenant ni de l'endroit où il est censé me conduire.

— Dites-moi juste où je suis, je le supplie.

Il m'interrompt en m'attrapant par l'épaule. Il insère un pouce dans ma chair, creusant douloureusement dans ma peau jusqu'à ce que je crie et que je commence à me replier face à lui. Je le saisis, mes ongles trouvent prise dans son avant-bras charnu, mais il ne cligne même pas des yeux en guise de réaction. Il crie :

—Bouge ! et me secoue.

Il arrache la couverture de laine de sa main libre et me pousse hors de ma cellule dans le long couloir désert. Le couloir est d'une blancheur choquante, seulement interrompu ici et là par des portes menant à d'autres cellules.

Il commence à me faire avancer dans le couloir. Le carrelage blanc sous les pieds est aussi froid que le sol en ciment, et il présente quelques signes de vieillissement, les carreaux étant ébréchés et fissurés.

Quel est cet endroit ? Combien d'autres personnes ont été détenues ici ? Je compte au moins six autres cellules lorsqu'il me force à passer devant elles, mais elles sont toutes vides.

Au bout du couloir, mon gardien me conduit à une cage d'escalier peinte en blanc. Je suis à moitié traînée dans les escaliers, étage après étage, chaque étage ayant la même apparence que le couloir que je viens de quitter. Six étages, ou sept... Je perds vite le compte.

— Où m'emmenez-vous ?

J'essaie encore de demander, mais mon garde ne fait que se renfrogner.

Quand nous arrivons au rez-de-chaussée, il ouvre la

porte et me pousse à l'intérieur. Je suis devant un autre long couloir rempli de cellules, mais celui-ci est différent.

Bien que je ne puisse voir personne, ces cellules sont pleines de gens. Des voix de femmes. Certaines appellent à l'aide, d'autres pleurent, et d'autres murmurent tranquillement.

— Tu vas, dit mon gardien, me poussant à avancer. Troisième à droite, c'est à toi.

Je traîne les pieds, en essayant de voir à travers les minuscules fentes des portes grises, mais tout ce que je peux distinguer, ce sont quelques paires d'yeux. Mon garde ne s'intéresse pas aux gémissements ou aux supplications provenant des cellules ; c'est presque comme s'il était immunisé contre cela. Il me fait avancer rapidement et ouvre la porte de ma cellule.

— Entre, me dit-il. Tu déshabilles.

— S'il vous plaît.

J'essaie de supplier, mais sa main retombe sur mon épaule. Cette fois, quand il pousse son pouce dans ma chair, il fait de sérieux dégâts.

Je crie, je tombe à genoux, les larmes me montent aux yeux. Alors que je suis sous le choc, il s'en va en claquant la porte derrière lui.

— Attendez ! je l'appelle. S'il vous plaît, attendez !

Mais il est parti. Je rampe à quatre pattes jusqu'à la porte, en regardant par la fente. Comme avant, elle est faite pour que je ne puisse voir que des murs blancs. J'entends beaucoup de choses, mais rien ne se détache vraiment.

— Youhou ? j'appelle. Est-ce que quelqu'un m'entend ?

Si les autres femmes peuvent le faire, elles ne me répondent pas. Je m'écroule, découragée.

Je me demande surtout, et maintenant ? Pourquoi suis-je ici ? Que va-t-il se passer ?

Peu de temps après le départ de mon garde, une vieille femme asiatique minuscule ouvre la porte. Elle me regarde de travers et tient dans une main une jolie robe blanche sur un cintre et dans l'autre une petite pochette à fermeture éclair.

Je m'assieds et étudie son visage.

— Pouvez-vous me dire où nous sommes ?

Si elle parle anglais, elle ne se soucie pas de répondre. Au lieu de cela, elle se contente de faire un geste en direction de la robe droite que je porte :

— Enlève !

— S'il vous plaît, où sommes-nous ? dis-je, en l'implorant.

La femme a l'air perplexe et pose la petite pochette. Elle dit :

— Enlève maintenant ! en élevant la voix.

Je proteste :

—Non !

Un pistolet Taser apparaît des jupes volumineuses de la femme. Elle le brandit, impatiente face à moi.

— Enlève !

Je me mords la lèvre, mesurant la distance entre moi, elle et la porte. Elle me voit regarder et s'interpose davantage entre moi et la porte. Elle fait cliqueter le cintre.

Je n'aurais réussi à aller nulle part, même si j'avais essayé. Je sais cela.

— Enlève ! répète-t-elle, son ton devenant de plus en plus paniqué.

Elle jette un coup d'œil par-dessus son épaule. Je me rends compte qu'elle n'est peut-être pas là de son plein gré non plus.

Je lui tourne le dos et fais passer la robe au-dessus de ma tête. La femme prononce un « tss » et me retourne. Je frissonne et essaie d'utiliser mes mains pour couvrir ma nudité. J'ai extrêmement honte, mais mes joues rouges ne la font pas broncher.

Elle remet simplement le Taser dans ses jupes et me fait signe de mettre mes mains au-dessus de la tête. Je lève mes mains et elle enlève la robe du cintre, et la fait descendre de force par-dessus ma tête.

Je l'aide à faire descendre la robe en tulle blanc sur mon corps, en laissant tomber la jupe jusqu'au sol. C'est une robe magnifique ; je me sens stupide de la porter, de ne pas m'être douchée ou rasée depuis trois jours.

Je veux demander pourquoi on m'habille ainsi, mais plus je passe de temps avec cette femme, moins je suis convaincue qu'elle sait quoi que ce soit.

La femme saisit la petite trousse qu'elle a fait tomber par terre et l'ouvre pour révéler une trousse de maquillage de base. Elle dit quelque chose dans sa langue maternelle, en me faisant signe de rester immobile. Je ferme les yeux pendant qu'elle me maquille le visage avec du fard à paupières argenté, puis elle applique beaucoup de fard à joues rose vif avec un long pinceau.

Quand elle a fini, elle me regarde en évaluant son travail. Elle fait un signe de tête énergique, puis se retourne pour partir.

—Attendez, dis-je.

Mais elle n'en fait rien et referme la porte derrière elle.

Au lieu de cela, mon garde réapparaît, une seringue à la main. Mes yeux s'élargissent lorsque je réalise que je vais être à nouveau droguée, et je lutte lorsqu'il m'attrape.

— Non ! Non, je ne veux pas de ça ! je pleure. Non, s'il vous plaît...

Il me pique dans le haut du bras, sans tenir compte du fait que je me débats. Mais au lieu que tout devienne noir, le monde semble se ramollir. La lumière prend une teinte dorée et mon envie de résister...

Tout ça est fini maintenant.

Mon garde me fait sortir de ma cellule par le bras, et je le suis, tout à fait docile.

3

ARSEN

*P*endant que mes deux hommes de main occupent les sièges avant, je suis assis à l'arrière du 4x4, les doigts crispés. Je regarde pensivement par la fenêtre. Après trois jours de négociations et de menaces presque ininterrompues, j'ai enfin réussi à la retrouver.

Katherine Carolla, la malheureuse fille de Sal Carolla.

Tout ça car Sal ne voulait pas lâcher le lieu où se trouvait sa fille, même quand ma botte était sur son cou, mon arme pointée vers sa tempe. J'avoue que j'étais un peu admiratif face à lui, face à ce genre de protection obstinée. Bien sûr, je l'ai quand même tué, mais je l'ai quand même admiré.

Puis j'ai découvert que la vraie raison pour laquelle le vieux Sal ne voulait pas avouer où il cachait la jolie petite Katherine est qu'il l'a vendue à un commissaire-priseur privé très exclusif.

Il l'a vendue.

Comme si elle n'était pas sa fille. Comme si elle n'était qu'un capital pour lui, et qu'il attendait son heure, la gardant cachée jusqu'à ce qu'il puisse profiter de son avènement.

Quand j'ai découvert cela, j'ai été tellement surpris que j'ai ri aux éclats.

En fait, la petite Katherine n'était pas du tout protégée par son père. Son père protégeait une personne qui, comme Sal le *savait*, habillerait sa fille et la vendrait au plus offrant. Une personne qui, vraisemblablement, la violerait des milliers de fois. Ou la partagerait avec ses amis, peut-être.

Ou la tuerait tout simplement.

Si j'étais capable de ressentir une telle émotion, je serais presque désolé pour Katherine.

Presque.

Dommage qu'elle soit une Carolla. Elle allait devoir payer, comme Anna l'avait fait. Sauf que j'avais de plus grands projets pour Katherine...

Des plans qui impliquaient de la briser, corps et âme. En utilisant un mélange spécial de travail physique, de torture et de sexe pour lui laver le cerveau. La tourmenter pour qu'elle pense ce que je veux qu'elle pense.

Elle n'a même pas encore posé les yeux sur moi, mais son esprit et son corps m'appartiennent déjà.

Ensuite, je pourrais la faire sortir à des intervalles stratégiques, c'est-à-dire pour effrayer mes rivaux. Mon parfait petit animal de compagnie, sombre et complexe. Je deviens un peu dur ici, dans la voiture, rien qu'en pensant au fait de défoncer son corps, d'écraser son esprit.

Denis, mon homme de main, s'arrête dans une zone clôturée qui entoure ce qui ressemble à un hangar pour avions de couleur beige, clos des quatre côtés. Le bâtiment est isolé, aucune structure n'en est proche. Denis s'arrête à un poste de contrôle de sécurité et présente mon invitation pour la vente aux enchères au garde armé.

Une invitation que j'ai reçue seulement après avoir rendu quelques services.

Le garde me regarde, regarde Denis et Roget, puis nous fait signe de passer. Un voiturier nous ordonne de nous arrêter à une porte sans marquage. Je descends de la voiture, en m'étirant un peu. Je regarde mes deux agents, qui scrutent le parking et l'entrée à la recherche de menaces.

Je me trouve grand et large d'épaules, à un peu plus d'un mètre quatre-vingt. Mais Denis et Roget sont gigantesques, mesurant chacun deux mètres et bâtis comme des frères jumeaux bûcherons.

Enfin, des bûcherons habillés en trench-coat et armés jusqu'aux dents, quand même.

— Par ici, messieurs, si vous voulez bien vous donner la peine ? dit un homme qui ouvre la porte en s'inclinant pour nous saluer.

Je rentre en premier à l'intérieur, en clignant des yeux face à l'obscurité. Nous entrons dans un petit espace, éclairé seulement par une grosse lampe à haute puissance.

— Messieurs, si vous voulez bien trouver un masque ? dit l'homme, en faisant un geste vers une table remplie de masques noirs identiques.

Roget s'empare de trois masques, et j'en saisis un. Après que lui et Denis ont mis leurs masques, je mets le mien aussi. Nous nous regardons tous, l'effacement de nos traits les plus distinctifs est presque comique.

— Sinistre, dit Denis.

Roget grogne et ajuste sa veste épaisse.

— Par ici, dit l'homme, en ouvrant une porte et en faisant un mouvement vers l'intérieur. Vous êtes parmi les derniers à arriver. J'ai bien peur qu'on ne doive vous asseoir à l'arrière.

Ce n'était pas une erreur de calcul de ma part ; je veux être à l'arrière, plongé dans l'ombre. L'homme se précipite devant moi, ses pas sont légers sur le béton nu. Il nous guide vers la salle principale, en essayant de respecter le fait que le spectacle a déjà commencé.

Une quinzaine d'hommes se tiennent en petits groupes, leur attention étant rivée sur la jeune fille qui est emmenée sur une plate-forme surélevée par un homme masqué de noir. La jeune fille est dans un état pitoyable, sa peau est terne et ses os sont presque visibles à travers sa robe. Elle est aussi complètement défoncée, ses yeux sont grands et vitreux, sa bouche est si sèche qu'elle est fendue en plusieurs endroits.

—Voilà Selina... Elle démarre à 10 000 $... annonce l'homme d'une voix aiguë.

Immédiatement, deux mains se lèvent.

— Très bien, j'ai douze mille... dit l'homme.

D'autres mains se lèvent.

Je me détends un peu, en roulant les épaules. Je ne suis pas là pour n'importe quelle fille, alors je peux me désintéresser de la bataille des enchères. Il suffit que je ne m'impatiente pas et que je ne m'énerve pas après quelqu'un ici avant que Katherine Carolla ne soit amenée.

C'est assez facile, tant que les autres hommes gardent leurs distances.

Pendant que j'attends mon heure en pensant à la fille.

Katherine.

Je déteste ce nom. Une des premières choses que je vais faire, c'est lui faire porter mes chaînes...

Et la deuxième chose consistera à la rebaptiser. Quelque chose de plus approprié pour sa nouvelle fonction.

Comme Esclave. Ou Servante.

Mes lèvres se courbent vers le haut dans un sourire secret des plus cruels.

Je vais l'emmener dans mon complexe, loin d'ici. Là-bas,

je peux faire ce que je veux, quand je veux. Je suis comme un roi sur ma propriété.

Alors je vais prendre plaisir à lui briser lentement les os et à écraser rapidement son esprit. Lui dire que j'ai tué sa famille ; lui faire comprendre que personne ne viendra la sauver. Quand elle pleurera pour son père et ses frères, je la fouetterai pour la punir d'avoir eu quelque chose à faire de leur existence.

Je serre les poings. C'est sa faute d'être née dans la famille Carolla. C'est sa faute s'ils sont tous des putains de sales losers corrompus.

Rayez ça... *étaient* des losers. Je les ai tous cochés sur ma liste de personnes à tuer. J'ai éviscéré ces salauds un à un, là-bas, dans l'entrepôt, et je l'ai fait en gardant le sourire.

Leurs yeux morts me fixaient pendant que je riais. Ils ont tous appris qu'on ne touche pas à mes putains d'affaires. Point.

J'imagine Anna, la bouche ouverte et exprimant son étonnement de façon surréaliste. Même si elle n'était qu'une pute, c'était tout de même *ma* pute. *Ma* propriété. *La mienne.*

Je repousse ce souvenir. Je dois me concentrer sur d'autres choses, comme le son que feront les menottes lorsque je les refermerai aux poignets de Katherine. Je me concentre sur ça, en ne prêtant pas attention aux enchères de la prochaine fille, et de la suivante.

Bien sûr, je vais devoir acheter Katherine. Elle va me coûter beaucoup d'argent, si l'on en juge par ces filles à l'air triste.

Et parce que j'ai eu tant de mal à la trouver, elle va vraiment souffrir. Bien plus que si elle avait simplement été présente le jour où j'ai assassiné sa famille.

Une pensée me vient à l'esprit.

Une confession. Je pourrais lui faire signer une confession, de son plein gré. Le fait d'avouer tout ce que sa famille a fait et tout ce qui m'a déplu, y compris la mort d'Anna.

Ce serait amusant.

Lorsque je l'aurai dépouillée de sa volonté de vivre, elle me suppliera de lui accorder la libération que la mort procure. Tout comme les autres l'ont fait.

Et puis, je l'étranglerai, lentement. Je verrai la lumière quitter ses yeux, son être tout entier vaciller et disparaître.

Ce moment... ce moment sera si, si agréable.

De l'autre côté de la pièce, l'esclave brune insipide qui est actuellement mise aux enchères s'effondre. Personne ne réagit de façon excessive, ce qui est assez étrange. Le commissaire-priseur appelle simplement le dernier enchérisseur, le gagnant, tandis qu'un autre homme costaud portant un masque vient chercher la fille et la jette par-dessus son épaule presque sans faire attention.

— Katherine est notre prochaine fille, annonce le commissaire-priseur. Faites sortir Katherine.

Je me redresse un peu plus. Une petite blonde est conduite sur la plate-forme, ses traits délicats mis en valeur par sa robe blanche. Elle penche la tête en arrière pour regarder autour d'elle, sa tête oscille.

C'est elle.

Elle est jolie, délicate. De grands yeux expressifs, une bouche pulpeuse, des pommettes hautes. Ce qui me frappe, c'est qu'elle ressemble à Anna. La ressemblance est frappante au niveau des yeux, et elle aussi a une sorte de sagesse qui n'est pas de mise chez quelqu'un de son âge.

Je me demande ce que Katherine a bien pu vivre. Je me demande aussi ce qu'Anna a bien pu voir, pendant ses quelques années sur cette planète. Cette pensée me rend nerveux et me fait grincer des dents. Je sens que les marques de mes ongles sont en train de se planter dans la paume de mes mains quand je serre les poings. Denis me fait un signe de tête en la regardant d'un air interrogateur, et je lui fais un signe de tête en retour.

C'est la fille pour laquelle nous sommes venus ici. C'est la fille avec laquelle nous allons repartir, quoi qu'il arrive.

Elle est très jeune. Je l'observe. Ses bras sont frêles, ses seins sont petits. Son visage, ressemble un peu à celui d'un elfe, avec de grands yeux bleus, un nez retroussé, des lèvres larges et pulpeuses. Oh, les choses que je prévois de faire faire à ces lèvres. Elle inspecte la pièce avec ses yeux bleus, mais son visage ne révèle rien.

Je réalise d'emblée qu'elle est pas mal, même là au milieu de cette pièce dans cette robe de seconde main. Cela ne m'importe pas vraiment, mais cela n'est pas plus mal non plus.

Putain, je suis un homme aussi.

L'homme qui la soutient fait un travail de merde, il la laisse tomber à moitié. De toute évidence, elle a été droguée comme les autres filles. Elle ferait mieux de ne pas s'évanouir, pas avant que je l'achète.

Je veux qu'elle se souvienne du sentiment d'être traitée comme un bien.

— La jeune Katherine est encore vierge, dit le commissaire-priseur. Ses mots ont sur moi l'effet d'une tonne de briques. Une vierge ? Cela va probablement doubler son prix. Elle appartenait à Sal Carolla. Maintenant, elle peut vous appartenir.

Plusieurs hommes applaudissent, impatients de remporter leur prix. Mais ces hommes ne réalisent pas que je suis dans le public, qui je suis, et que je suis là pour *elle*.

Je commence à avancer, en mettant mes mains autour de ma bouche.

— Un million. Un million, et on a fini.

Tout le monde se retourne et me regarde, certains semblent surpris.

— Un million, de la part de ce monsieur, dit le commissaire-priseur. Est-ce que j'entends...

— Un million deux cent cinquante mille, lance un homme en face, en me faisant un sourire en coin.

— Un million cinq, dis-je.

— Deux millions ! dit l'homme. Deux millions de dollars.

— Trois, dis-je en grommelant.

L'homme hésite, en regardant les deux hommes qui sont avec lui. L'un d'eux lui fait un signe de tête et il sourit.

— Trois million cinq.

— Quatre millions, je lance, même si c'est une somme d'argent astronomique.

Mais l'argent n'est pas un problème, pas aujourd'hui.

L'autre homme sort son arme, bien que je ne sois pas sûr de ce qu'il compte en faire. Il commet l'erreur fatale de donner l'impression qu'il me vise, et l'instant d'après, je dégaine mon arme.

Mon instinct prend le dessus, ralentissant les choses pour moi. Tout le monde se met à l'abri. Bientôt, il se retrouve avec un impact de balle entre les deux yeux. Mon arme fume juste un peu.

Tous les autres se mettent à bouger. Le bruit de dizaines d'armes à feu chargées résonne fort dans cet espace vide. Denis et Roget sont à mes côtés, bien qu'évidemment, je n'ai pas besoin d'eux.

— Mettez fin à l'enchère, j'ordonne au commissaire-priseur. Mettez-y un terme maintenant, et nous pourrons partir.

Le commissaire-priseur met les mains en l'air, bien que je ne pointe pas mon arme sur lui.

— Adjugé ? dit-il en grinçant des dents d'un air incertain.

L'homme masqué qui tient Katherine debout la fait descendre de la plate-forme, et se dirige vers une arrière-salle où il traîne son fardeau tout mou. Je fais signe à Denis d'aller la chercher, je sens l'excitation monter dans ma poitrine.

Tout le monde est à l'affût, surveillant chacun de mes mouvements, leurs armes à la main. Mais je ne me préoccupe d'aucun d'entre eux.

Non, je m'inquiète de ma nouvelle acquisition, que Denis arrache à son garde. Quand il la conduit vers moi, je réalise à quel point elle est petite à côté de mon homme de main. Elle ne doit pas mesurer plus d'un mètre cinquante.

Ils arrivent à l'endroit où je me trouve, et je regarde ses yeux larges et désemparés, ses cheveux blonds, ses mains jointes dans sa robe blanche. Tout cela est bien plus que ce dont j'avais rêvé. Plus réel, plus intense.

Je penche la tête et pose un regard critique sur elle.

— Tu m'appartiens. Je suis ton maître maintenant.

Il y a un écho de terreur lointaine dans ces grands yeux bleus, mais la drogue qu'on lui a donnée empêche sa peur de remonter à la surface.

Mais pas pour longtemps. Quand je la ramènerai dans mon complexe, il n'y aura plus de substances, plus rien entre nous. Rien ne l'empêchera de ressentir le genre de terreur qu'Anna a ressenti dans ses dernières heures.

Je pense que je devrais la prévenir, lui faire savoir quel genre de maître je serai. Je fouille dans ma poche pour trouver mon couteau, et je l'ouvre en exposant sa lame brillante.

Ses yeux se remplissent d'une note de peur bien distincte alors que je le brandis, en m'approchant d'elle. Je l'attrape par l'épaule, et je retire du plaisir dans le fait qu'elle tente de lutter. Denis s'avance et saisit ses deux mains, les tirant derrière son dos.

Je la regarde droit dans les yeux et trace lentement la lettre A dans sa clavicule, sur environ deux centimètres sur un centimètre. Je deviens dur quand elle laisse échapper un cri plaintif. Mes doigts tremblent d'excitation alors que son sang coule sur mon couteau.

Rien n'a jamais été aussi agréable, je le jure.

— C'est pour te rappeler que tu m'appartiens, lui dis-je en essuyant le sang de ma lame sur sa robe blanche immaculée, pile au niveau de son sein droit. Le sang se répand et suinte immédiatement, ce qui m'apporte une grande satisfaction.

Je tourne sur mes talons, prêt à partir. Je regarde Denis :

— Bon. Mets le sac sur sa tête, et on pourra y aller. Nous avons un long voyage devant nous.

Puis je sors du hangar à avions, j'arrache mon masque et le jette sur le sol.

4

KATHERINE

J'ai le vague souvenir de m'être fait injecter un tranquillisant à plusieurs reprises. Je me souviens que j'étais suffisamment éveillée pour reconnaître un avion et une voiture. Je sais que l'homme qui m'a narguée après m'avoir achetée était près de moi pendant tout ce temps.

Je le vois dans mon esprit. Ses étranges yeux gris et son front basané, ses épaules larges et ses vêtements noirs, sa barbe naissante. Sa peau n'est pas de la même couleur que la mienne... elle est plus foncée. Quand il parlait anglais, il avait un accent...

Mais j'étais trop absente à cause des drogues pour en déterminer davantage.

Je me réveille à nouveau, je reprends pleinement conscience et je regarde un plafond bleu royal. Je gémis en me penchant pour regarder mon corps. La robe que je portais à la vente aux enchères a disparu. À sa place, je porte une robe sans manche d'un rouge sang éclatant.

Le bout de mes doigts effleure accidentellement une zone de ma clavicule et même ce léger contact me brûle.

J'écarte soigneusement ma robe de ma peau et découvre un endroit parfaitement recouvert d'un bandage d'environ deux centimètres sur deux. C'est alors que je me souviens de son expression lorsqu'il a enfoncé son couteau dans ma chair, de la joie que j'ai vue dans ses yeux lorsqu'il m'a marquée à jamais.

Même si je fais attention de ne pas irriter davantage cette zone, je dois lutter contre les larmes qui me brûlent les yeux. Quel genre de monstre mutilerait un autre être humain comme ça ?

Pour ajouter à mon humiliation, ma culotte et mon soutien-gorge ont également disparu. Je me sens nue en sachant que quelqu'un a regardé mon corps alors que j'étais inconsciente.

Mon épaule me lance, me rappelant le moment, à la vente aux enchères, où il m'a montré qui il était en gravant quelque chose dans ma chair. Je lève la main pour toucher l'endroit qu'il a marqué avec son couteau. Un léger cliquetis attire mon attention sur mon poignet, où je découvre une menotte délicatement sculptée, attachée à une chaîne en or d'apparence délicate.

Je tire sur la chaîne et me rends compte que je suis attachée à un endroit derrière le lit. La chaîne est suffisamment longue pour me déplacer dans la pièce, mais pas assez pour sortir de la pièce.

C'est... bizarre. Où suis-je exactement ? Je sais que c'est la journée, mais je n'ai pas d'autres indices.

Puis je pense à l'endroit où se trouve ma famille, et tout cela me tombe dessus d'un seul coup.

Partie, c'est là que se trouve ma famille. Ils m'ont quittée, intentionnellement. Je ne suis pas la fille de *Maman j'ai raté l'avion !* Je suis la fille de Liam Neeson dans le film *Taken*.

Pire encore, j'ai été *vendue*.

Que suis-je censée faire avec cette information ? Alors que les larmes commencent à me monter aux yeux, je ne peux pas m'empêcher de visualiser les événements de ces derniers jours dans ma tête.

L'expression de Tony quand il m'a trahie avec les flics.

Le visage du flic lorsqu'il m'a sortie de sous le bureau.

L'horrible calvaire que j'ai subi lorsque je me suis réveillée dans ma cellule à la maison de ventes aux enchères.

Et *lui*. L'homme qui m'a achetée. Ses yeux... la cruauté et la dérision que j'y ai lues m'ont fait froid dans le dos.

Je roule sur le côté, mes larmes s'échappant sur le tissu gris qui se trouve sous mon corps. Qu'aurais-je pu faire qui aurait poussé ma famille à me vendre ? En sanglotant, je pense à l'avertissement de Tony.

Est-ce que papa m'a vraiment vendue parce qu'il n'avait plus d'argent ? Est-ce que je pouvais vraiment valoir si peu pour eux ?

Ne m'aiment-ils pas ?

De la morve coule de mon nez, et je m'essuie avec un coin de ma robe. Je me laisse submerger par les larmes pendant un petit moment, je pleure jusqu'à ce que je me sente complètement vide à l'intérieur.

Personne ne vient à la porte en bois sombre en entendant mes larmes ; il n'y a personne ici qui se pose la question de savoir si je vais bien ou non, j'en suis sûre. Je cligne des yeux plusieurs fois, en regardant le grand lit dans lequel je me trouve. Il n'y a pas de draps, juste une couverture grise, douce qui recouvre tout le lit. La chambre elle-même est assez grande, sans autre décoration qu'un siège intégré dans une baie vitrée. Il n'y a pas de coussin, et la fenêtre n'a pas de rideaux ni aucun habillage.

Je me soulève du lit, me tiens debout sur mes jambes

chancelantes. Le sol est en parquet foncé, lisse et froid contre la plante de mes pieds nus. Je vais d'abord à la porte, mais je la trouve verrouillée.

Ce n'est pas surprenant, je suppose. Après tout, je suis enchaînée. Et je n'aurais pas le droit de partir si je trouvais la porte ouverte.

Ensuite, j'explore l'autre côté de la pièce, en allant vers le siège de la fenêtre. La fenêtre est en verre épais à double vitrage, et elle ne s'ouvre pas. À l'extérieur, la vue est saisissante ; je suis en hauteur et je surplombe un petit verger en pleine floraison. Derrière, un mur de briques s'effrite, avec une végétation luxuriante et un paysage montagneux. Au loin, je ne vois rien que des collines, et des forêts à perte de vue.

Je ne suis plus du tout à la Nouvelle-Orléans, c'est certain.

Cela provoque une nouvelle crise de larmes, même si je me sens toujours vidée à cause de celle de tout à l'heure. Celle-ci n'est pas aussi intense, je me contente de pleurer silencieusement en regardant par la fenêtre.

Bien que je sois bouleversée, je me rends compte que j'ai faim. Je ne sais pas vraiment quoi faire à ce sujet. J'essaie de me souvenir de mon dernier vrai repas, et c'est seulement le matin où Tony m'a vendue qui me vient à l'esprit. Nous nous sommes arrêtés au McDonald's ce matin-là, nous sommes passés par le drive-in.

J'ai mangé la moitié d'un Mc Muffin aux œufs et j'ai jeté le reste à la poubelle. Je pense à l'autre moitié, et ma bouche salive. Quel gâchis je faisais lorsque je savais quand viendrait mon prochain repas.

Je passe quelques heures à examiner ma chambre dans les moindres détails. Je regarde les murs, j'examine toutes les planches de plinthes. Sous mon lit, je trouve une grande boîte dorée, d'environ un mètre cinquante sur un mètre, et de cinquante centimètres de hauteur. Elle est très lourde et la sortir est presque trop demander à mon corps en manque de nourriture.

Je regarde dans la salle de bain attenante à ma chambre, c'est une pièce toute simple. Avec des toilettes, une baignoire sur pieds. Tout en blanc, même le carrelage au sol. Je me rends compte que la chaîne est assez longue pour aller aux toilettes, mais pas assez pour atteindre la baignoire.

Je retourne au lit quand j'ai satisfait ma curiosité, et m'assois pour réfléchir. Mes pensées embrouillées reviennent finalement à mon ravisseur. J'ai tant de questions à son sujet.

Qui est-il ? Que me veut-il ? Où m'a-t-il emmenée ?

Plus important encore, me laissera-t-il partir ?

Je m'allonge à nouveau sur le lit, de plus en plus fatiguée. Mes paupières sont lourdes, alors je les ferme.

Quand je me réveille à nouveau, il est assis juste à côté de moi, ses yeux gris me transpercent. Il me regarde comme si j'étais une amante gâtée et lui, le vieux prétendant qui aime me faire plaisir.

Je m'assieds et m'éloigne de lui en reculant. Alors que je le regarde avec méfiance, ses lèvres se recourbent vers le haut comme pour sourire.

Mais son expression n'atteint pas le gris froid de ses yeux, et cela me fait froid dans le dos. Il est plus jeune que je ne le pensais, il doit avoir une trentaine d'années. Et son corps est musclé, entretenu. Par quoi, je ne sais pas.

Encore un autre mystère qui l'entoure.

— Tu es réveillée, dit-il, comme si j'étais sa petite amie et non pas une simple prisonnière.

Je peux sentir ses yeux sur moi, sur ma peau. J'essaie de respirer normalement, mais mon cœur bat à tout allure. Il a l'air pensif.

— Tu es plus jolie que ce à quoi je m'attendais.

Il se penche plus près, et je grimace. Il pose sa main sur ma cuisse nue et glousse devant ma tentative de m'échapper.

Il saisit la chaîne qui est reliée à mon poignet et l'enroule autour de sa main d'un mouvement fluide. Il tire dessus, d'un coup sec, et je suis déséquilibrée. Je retombe sur le lit.

— Ça suffit, dit-il doucement. Il incline la tête. Il me faut un nouveau nom pour toi. Katherine Carolla est morte, alors il me faut quelque chose de féminin et... de petit, comme toi.

— Je ne suis pas morte, dis-je, la voix tremblante. Je tire sur la chaîne, mais il ne bronche même pas.

— Tu n'es pas morte, non. Mais tu n'es plus non plus Katherine. Je l'ai tuée quand je l'ai achetée à la vente d'esclaves. Tu n'as pas remarqué ?

Je fais une grimace en entendant les mots « vente d'esclaves ».

— Alors, vous admettez que vous êtes le genre d'homme qui fréquente les enchères d'esclaves ?

Mes paroles sont plus virulentes que je ne le pensais, mais il ne semble pas s'en offusquer. Il ne semble pas m'entendre du tout. Son regard se concentre sur mon visage.

— Fiore, dit-il. Ça veut dire « fleur » en italien. Je pense que ce sera ton nouveau nom, ma belle.

— Je m'appelle Katherine, dis-je, avec insolence.

— Tu vas bientôt apprendre à quel point tu as tort. Tu vas bientôt apprendre beaucoup de choses.

Son regard gris fixe mon visage, mes seins, mes cuisses avec insistance. Il me donne la chair de poule.

Il est fou, c'est évident. J'ai besoin d'obtenir un

maximum d'informations de lui, et ensuite je pourrai y réfléchir quand je serai à nouveau seule.

— Où sommes-nous ? dis-je, en changeant de sujet.

Il hausse un sourcil.

— En Colombie. Nous sommes dans mon domaine, seuls, à l'exception du personnel qui veille au bon fonctionnement du complexe. Personne ne t'aidera. Il s'arrête quelques instants. Personne ne viendra te chercher. Tu le sais, n'est-ce pas ?

Je baisse le menton, les larmes me montent aux yeux.

— Vous n'en savez rien.

Il tire sur la chaîne, ce qui me rapproche de lui.

— Mais si, Fiore. Je le sais. Ton père t'a vendue, tes frères aussi. Il n'y a personne d'autre, n'est-ce pas ?

Je réprime mes émotions, même si je ne peux pas empêcher les larmes de couler le long de mes joues.

— Vous êtes un monstre, lui dis-je, en sentant le goût de ces mêmes larmes sur mes lèvres. Vous ne savez pas la moindre chose sur moi.

— Ah bon ? dit-il, il y a quelque chose qui scintille dans ces yeux gris diaboliques.

Il se lève et utilise la chaîne pour me forcer à m'agenouiller sur le bord du lit. Je vois que la chaîne lui entaille la main, mais il semble y être indifférent. Il se tient entre mes genoux, tenant la chaîne en hauteur pour que je ne puisse pas m'asseoir sur mes talons.

D'une main, il effleure l'intérieur de ma cuisse, ce qui me fait tressaillir. Sa main remonte, remonte... jusqu'à ce qu'il trouve les boucles à la jonction de mes cuisses. Ses doigts sondent mes lèvres inférieures.

— Non ! dis-je.

Lorsqu'il glisse un doigt en moi avec désinvolture, sans

se soucier le moins du monde de ce que je ressens, je lui crie dans la figure :

— Non ! J'ai dit non ! Arrêtez !

Son doigt à l'intérieur de mon corps est une violation absolue et incontestable. J'essaie de bouger, de fermer mes genoux face à lui, mais il ne fait que soulever ma menotte terriblement haut.

L'invasion de son toucher brutal est tout ce que l'on m'a dit toute ma vie que je devais craindre. Donc, j'en ai peur.

J'ai peur de *lui*.

Il se penche tout près, touchant presque son visage avec le mien.

— Tu m'appartiens maintenant, Fiore. Tu es ma propriété, Fiore. Je peux te faire ce que je veux, quand je le veux. Et tu feras ce que je te dis, ou je te tuerai. C'est aussi simple que ça.

—Monstre, je chuchote en fermant les yeux. Comme si cela pouvait l'exclure. Qu'est-ce que vous voulez de moi en fait ?

Il retire son doigt et se penche jusqu'à ce qu'il soit juste à côté de mon oreille.

— Tout, dit-il, son souffle me chatouille l'oreille et me donne la chair de poule sur les bras et les jambes. Je ressens un sentiment soudain d'effroi.

Et puis, il relâche ma chaîne, sortant de la pièce comme s'il avait mieux à faire. Comme si je ne tremblais pas et que je n'avais pas peur. Comme s'il ne m'avait pas fait ressentir ces émotions.

Je reste là, à le regarder alors qu'il claque la porte et je reste bouche bée.

C'est

Quoi

Cette
Merde...

5
KATHERINE

Le bruit de pas me réveille. Je me retourne, et m'attends à le voir, lui. Au lieu de cela, il y a deux hommes assez âgés, qui portent un bureau. Ils portent chacun une sorte d'uniforme, composée d'un pantalon gris ample et d'une chemise à manches longues assortie. Je m'assieds, alarmée.

Mon estomac gargouille de faim.

— Bonjour, je bafouille, en me précipitant au pied du lit.

L'un des hommes me regarde avec de la pitié dans ses yeux marron, mais l'autre lui parle d'un ton sévère en espagnol. Il baisse les yeux à la réprimande, et ils déplacent le bureau dans le coin près de la fenêtre.

— Il faut que vous me parliez, dis-je en sortant du lit.

Je m'avance devant l'un d'eux, l'empêchant de partir.

Sans croiser mon regard, il me pousse brutalement sur le côté, et continue à sortir de la pièce. Je les suis aussi loin que possible jusqu'à ce que ma chaîne en or soit tendue.

— Revenez ! j'appelle dans le couloir. S'il vous plaît ! Ohé !

Pas de réponse. Certainement pas du Monstre, c'est

comme ça que j'ai surnommé l'homme aux yeux gris et au timbre de voix qui me donne des frissons.

C'est le Monstre qui m'a achetée.

En avalant ma salive, je repousse mes pensées concernant le Monstre.

Je regarde dans le couloir, qui est fait du même parquet sombre. Les murs que je peux voir sont peints en blanc au lieu du bleu marine. Il y a une fenêtre, mais je ne peux rien distinguer d'autre.

Puis les hommes reviennent, cette fois-ci avec une magnifique méridienne de couleur or absolument somptueuse. Ils la placent contre le mur près de la porte.

— Je ne suis pas censée être ici, dis-je aux hommes qui déplacent le canapé. C'est une erreur. S'il vous plaît, vous avez un téléphone ? Ou... pouvez-vous appeler le 911 pour moi ? S'il vous plaît, je vous en supplie...

Les hommes agissent comme si je n'étais même pas présente. Ils entrent et sortent de la pièce, apportant un présentoir de vêtements rouge sang, une chaise, un coussin pour le siège de la fenêtre. Enfin, les hommes apportent un plateau de service en argent contenant du poulet, du riz, une pomme et un grand verre d'eau.

Pas de fourchette, et certainement pas de couteau. Mais je me précipite sur le plateau comme la malheureuse affamée que je suis, presque sans remarquer qu'un des hommes saisit ma chaîne et déverrouille la menotte dorée de mon poignet.

Je le regarde fixement, en me frottant le poignet, la bouche trop pleine de nourriture pour me plaindre. La nourriture est toute simple, mais elle a un goût merveilleux pour moi. Je vois les hommes quitter la pièce, mais je ne peux pas quitter le plateau tant que je n'ai pas littéralement léché l'assiette et mangé la pomme jusqu'à ce qu'il ne reste plus que les pépins et la tige.

Car qui sait quand je pourrais revoir de la nourriture ? Je ne le sais pas, c'est sûr. Je suis tombée de haut, j'ai glissé dans le terrier d'un lapin, et j'ai atterri ici. Rien n'a de sens dans cet endroit étrange.

C'est vraiment la première fois qu'Alice au pays des merveilles prend tout son sens pour moi.

Après m'être léché les doigts, je suis stupéfaite de constater que les hommes ont laissé la porte de la chambre grande ouverte. Je n'ai plus les menottes qui me retiennent, alors je me dirige vers la porte.

Avec précaution, je passe la tête par la porte. Je regarde dans le long couloir aux murs blancs. J'observe la fenêtre en face de moi, les portes fermées des autres pièces. Je ne vois personne, ce qui soulève la question de savoir si je suis censée être la maîtresse des lieux ou non.

Je ne sais pas. Tout ce que je sais, c'est que je suis pieds nus et que j'ai peur... et que si ma libération est le fruit du hasard, je m'en fiche. Tous les reportages que j'ai entendus sur des filles enlevées et emprisonnées se terminent par une petite erreur dont la fille profite pour s'en aller.

Oh, mon Dieu... Je suis une de ces filles. Est-ce que l'on montrera mon visage aux nouvelles ? Est-ce que quelqu'un va même remarquer que j'ai disparu ?

Quelque chose me dit que non.

La panique monte dans ma poitrine, mais je la repousse plus loin. Je n'ai pas le temps pour ça maintenant... Je vais vraiment essayer de m'échapper parce que ça pourrait être ma seule chance.

Je touche l'endroit de ma clavicule où il a gravé sur ma peau. Ça cicatrise et me démange vraiment. En retirant le petit pansement, je regarde la plaie, elle est rose, irritée et plissée.

C'est bien de se rappeler les enjeux, je suppose. C'est le seul point positif que je puisse trouver.

Je laisse la chambre derrière moi, en marchant doucement dans le couloir. Je vais d'abord à la fenêtre de l'autre côté du couloir, mais quand je regarde dehors, je constate que la fenêtre donne sur une cour vide. Je cligne des yeux pendant une seconde en observant le bâtiment lui-même, fait de bois blanc avec d'élégantes hautes fenêtres sculptées ici et là. Il est très espagnol dans sa conception, élancé et classique.

Je lève les yeux pour regarder le toit, qui est recouvert de tuiles d'argile multicolores orange et rouges. La maison dans laquelle je me trouve est en fait à couper le souffle si j'avais du souffle à donner. Pour autant que je puisse le dire en comptant les fenêtres en dessous, je suis au troisième étage.

Je me secoue volontairement, pour ne pas rester ébahie devant cette vue. Lorsque je me retourne, mes pieds nus me font frissonner quand ils se posent sur le sol en bois sombre. Aussi vite que possible, je me fraye un chemin dans le labyrinthe des couloirs, à la recherche d'un escalier.

Je dois descendre au rez-de-chaussée. C'est ma meilleure chance de m'échapper.

En parcourant le manoir — car il ne fait aucun doute qu'il s'agit bien d'un manoir — je remarque quelque chose d'assez étonnant. Bien que tout ce que j'ai vu jusqu'à présent soit impeccable, il n'y a pas de domestiques ici, personne qui travaille.

Personne que je puisse supplier de m'aider, mais aussi personne qui me force à me cacher.

Je trouve enfin un escalier, un petit escalier pour les domestiques, je suppose. Je descends l'escalier à toute vitesse et me retrouve dans un hall sombre et étroit, bordé de briques. À ma gauche, j'entends le bruit des femmes qui parlent en espagnol et des grosses machines en mouvement. Au bout du couloir et à ma droite, il y a une petite cage d'escalier. En haut de ces escaliers, se trouvent deux portes ouvertes en grand, la lumière du soleil arrivant de l'extérieur.

Et juste comme ça, mon plan d'évasion prend vie. Moins un plan et plus une course folle, en fait. Mais je vais tenter le tout pour le tout.

En regardant des deux côtés pour être sûre que personne ne me verra, je sprinte vers les escaliers. Je monte tout en haut et me précipite vers l'extérieur. Je suis entourée d'une petite cour verdoyante, puis les collines commencent immédiatement à s'élever, vertes, spectaculaires et couvertes de lierre.

Je cours jusqu'à la première colline, en regardant la pente. Elle doit s'élever au moins à quarante-cinq degrés. Personne ne peut gravir ce genre de pente, pas sans équipement d'escalade. Frustrée, je me mords la lèvre et décide de suivre le bas de la colline en contournant la maison.

Il doit y avoir une autre sortie, quelque part.

— Je te déconseille de faire ça, dit une voix masculine grave. Je me retourne et trouve plusieurs hommes debout sur le seuil de la porte d'où je viens de m'échapper. Au premier coup d'œil, les hommes semblent être originaires d'Amérique du Sud, et ils sont habillés comme s'ils étaient dans l'armée. Ils sont tous musclés et ont un air renfrogné. Ils portent tous des gilets tactiques et les mêmes bandanas rouges. Deux d'entre eux tiennent des fusils, leur aisance avec ces armes en dit long.

Alors que je suis figée dans mon élan, l'homme qui a parlé s'avance.

— Notre maître ne veut pas que tu disparaisses. Nous te traquerons si besoin est. Rentre à l'intérieur.

Les deux hommes armés de fusils orientent leurs canons dans ma direction, et je blêmis.

— Non, vous ne comprenez pas...

— Tu n'as pas besoin de plaider ta cause auprès de moi. Le maître a parlé.

Il croise les bras avec impatience.

Le *maître* ? Ma tête est soudain remplie de mille pensées, essayant de comprendre qui cela peut être.

Puis je comprends clairement de qui il parle. Le grand homme à l'allure méditerranéenne, avec ses yeux gris qui me transpercent. Le Monstre.

Je veux m'enfuir. Je veux crier. Mais je ne pense pas que l'une ou l'autre de ces actions m'aidera beaucoup. Pas avec l'escadron d'hommes qui me fixent.

Puis quelque chose me vient à l'esprit.

— Vous êtes ici pour me surveiller ? je demande, en penchant la tête.

L'homme me regarde pendant un long moment, comme s'il essayait de décider s'il devait me répondre ou non. Finalement, il fait un signe de tête.

— Oui.

— Votre maître serait probablement en colère contre vous si quelque chose m'arrivait, dis-je, en sachant que je prends un risque. Je parie que vous n'aimeriez pas ce qui vous arriverait s'il se mettait en colère.

Je perçois le choc dans ses yeux avant qu'il ne me dévisage à nouveau.

— Nous avons reçu des instructions. Ce n'est pas parce que nous ne pouvons pas te tuer que nous ne te ferons pas de mal.

Frustrée, je me déchaîne.

— Je pense que vous ne ferez rien si je cours.
Sans hésiter, il dit :
— Je te frapperai.
Je ferme les yeux.
— Je ne pense pas que vous dites la vérité.
— Tente le coup pour voir, menace-t-il.

Je le fixe, mon pouls s'accélère. Puis je me retourne et m'enfuis en courant jusqu'au bas de la colline, en la longeant où elle serpente autour du manoir.

Je ne réussis pas à aller très loin, comme je m'y attendais. En un clin d'œil, les hommes me poursuivent, et il ne faut pas longtemps pour que leurs longues jambes rattrapent les miennes. L'homme qui m'a parlé m'attrape autour de la taille avec une sorte d'aisance qui témoigne de ses compétences.

Il me tient en me repliant, je suis une espèce de boule indignée qui se tortille, puis il me ramène à la maison. Mais je proteste :

— Non ! Laissez-moi partir ! Je n'ai rien à faire ici !

Dès qu'il atteint la cage d'escalier en briques, à la seconde où il le peut, il me laisse tomber sur le sol. Je le regarde, me demandant si cet exercice l'a seulement essoufflé. En tout cas, je suis dans un sale état, à bout de souffle, et maintenant mes genoux sont écorchés en plus de tout le reste.

— Ne fais pas ça, me dit-il en croisant les bras sur sa poitrine. Ne nous oblige pas à te courir après. Reste dans la maison.

Je retire mes longs cheveux blonds de mon visage, furieuse.

— Ce n'est pas à vous de me donner des ordres.

Il me lance un regard furieux.

— C'est vrai. Le maître te dit ce que tu dois faire. Je ne

fais que suivre ses ordres. Et tu le feras aussi si tu veux rester en vie.

Je me relève et entre dans la maison. Je ne les vois pas me suivre, mais je peux quand même sentir leurs yeux sur moi. Il ne fait aucun doute qu'ils me suivront de loin, absolument aucun.

Je remonte l'escalier à toute vitesse, en revenant sur mes pas. J'ai besoin de réfléchir, de formuler un plan pour mon évasion. Je ne sais pas où se trouve le Monstre, mais mon besoin de fuir d'ici, de m'éloigner de lui, est presque écrasant.

J'ai besoin de temps pour planifier et pour calmer mon cœur qui bat la chamade.

6
KATHERINE

Je suis sur la plate-forme de vente aux enchères et je regarde un public rempli d'hommes masqués de noir. Tout est flou, comme dans un rêve. Les mouvements sont plus lents que la normale.

Je suis conduite à la bonne place sur la scène par un homme aux mains rugueuses, un homme avec un masque noir comme le reste des hommes qui me regardent.

Qui me jugent.

Qui trouvent qu'il me manque quelque chose.

Qui pensent que je suis déficiente d'une manière ou d'une autre.

Ils me reluquent, avec leurs yeux avides. Comme s'ils essayaient de savoir si je vaux quelque chose ou non.

Le commissaire-priseur crie quelque chose, mais je suis trop obsédée par mes propres adeptes pour l'entendre. Je sens leurs yeux sur moi, je sens qu'ils me sondent. Il y a une sorte de courant dans cette pièce ; une énergie qui me rend nerveuse.

Je me rappelle encore une fois que je ne suis pas folle ; la moitié des hommes dans cette pièce veulent me baiser, l'autre moitié veut quelque chose de beaucoup plus obscur de moi.

J'entends le bruit de mon sang dans mes oreilles, c'est presque assourdissant. J'établis un contact visuel avec un homme, un homme qui se tient à l'arrière, mais qui se distingue du reste de la foule. Je ne sais pas pourquoi il attire mon attention, mais son regard...

Ses yeux foncés et lumineux...

C'est peut-être de la folie, ou de la démence. Il a le regard de quelqu'un qui est très près d'obtenir ce qu'il veut, et maintenant il attend impatiemment que cela vienne à lui.

Je baisse mon regard, me détourne avec un frisson de peur. La drogue atténue toute les sensations, mais il semble que cet homme me regarde si fixement que je peux véritablement ressentir les lames entrer dans ma peau. C'est une impression très intense, dans ce monde aux contours flous.

Pendant que je fixe le sol, il y a une certaine agitation. Puis un coup de feu, le son est si fort que mon cœur va sortir de ma poitrine au galop, j'en suis absolument sûre. Je me baisse, et on entend des cris parmi les hommes.

C'est seulement quand je sens le goût du sang, que je me rends compte que je me suis mordu la langue. Je lève les yeux, effrayée et tremblante. Le garde au masque noir commence à m'éloigner, en me traînant quand je ne coopère pas.

On me tire vers l'arrière, puis je change de main, un autre homme énorme avec un masque noir me prend en charge. Il m'emmène vers la sortie de l'entrepôt, vers ce même homme avec lequel j'ai eu un contact visuel auparavant.

Je peux presque sentir l'excitation qui se dégage de cet homme fou. Il me regarde de haut en bas, ses lèvres se soulèvent dans un sourire fantomatique.

— Je suis ton maître maintenant, dit-il. Son accent est prononcé, mais son anglais est parfait.

Puis il brandit un couteau et mon cœur se met à battre à tout rompre.

Non. S'il vous plaît, mon Dieu, non.

Je pense les mots, mais rien ne sort de ma bouche. Au lieu de cela, le géant me saisit par derrière, en me tenant les bras en arrière. Mes yeux s'élargissent alors que l'autre homme s'avance vers moi, en souriant, et me tranche la chair de la clavicule.

Je crie alors que le couteau s'enfonce dans ma peau, le sang remontant à la surface et recouvrant le couteau.

Puis j'ouvre les yeux, ma bouche formant un cri silencieux. Il me faut quelques secondes pénibles pour me réveiller complètement, je suis allongée sur le dos dans une toute autre pièce. Je fixe le plafond bleu royal, mon cœur palpite à tout va et la sueur refroidit sur ma peau.

Où suis-je ?

Qu'est-ce que je fais ici ?

Où est ma famille ?

Puis tout me revient d'un coup. Ce n'était pas un rêve, c'était un souvenir.

Je suis quelque part en Amérique du Sud.

Je suis ici parce que le Monstre a fait une offre aux enchères sur moi, a tiré sur quelqu'un et est sorti victorieux.

Et je ne reverrai plus jamais aucun membre de ma famille parce qu'ils m'ont *vendue*.

Mes yeux se remplissent de larmes, et je me tourne sur le côté, me recroquevillant pour former une boule misérable. Un sanglot retentit dans ma poitrine. Pendant une minute, je laisse venir les larmes, elles se déversent et je pleure.

— Pourquoi pleures-tu, Fiore ?

Je me retourne dans le lit, m'essuyant furieusement le visage. Le Monstre se tient dans l'embrasure de la porte, avec sa carrure imposante, il remplit cet espace, il incline la tête. Mon premier réflexe est de l'ignorer, mais dans la foulée, un autre réflexe se manifeste.

Parle-lui. Au moins, il te parle, contrairement à tous les autres dans cette maison.

Enfin, tout le monde sauf le garde.

Je m'assois en reniflant, je reste sur mes gardes. Je me sens très vulnérable comme ça, assise au milieu du lit, alors qu'il me regarde avec une expression pleine de patience. Je suis prête à parier que cette patience ne durera qu'un instant ou deux.

Je lève le menton.

— Ce n'est pas mon nom.

Il a la témérité d'avoir l'air déçu.

— Je te l'ai dit, Katherine Carolla est morte. Je l'ai tuée. Je l'ai étranglée à main nue.

Son accent n'est pas tout à fait originaire du Moyen-Orient, et pas tout à fait italien. J'ai du mal à lui donner un nom. Encore un autre mystère.

J'enroule mes bras autour de moi, en guise de réconfort.

— Je me fiche de ce que vous dites.

— Ah bon ? demande-t-il, en entrant dans la pièce. Il claque des doigts, et une jeune femme entre avec un plateau de service en argent. Elle le pose sur le lit, puis se précipite hors de la chambre.

Un fumet alléchant s'échappe des assiettes sur le plateau et mon estomac gronde. Je grimpe sur le lit pour attraper le plateau, mais le Monstre fait claquer sa langue.

— Tss, tss. Cette nourriture est pour Fiore, dit-il en se dirigeant vers mon lit. Il tire le plateau à quelques centimètres de moi.

Je regarde le plateau, puis lève les yeux vers lui. Il me propose clairement une sorte d'échange.

— Qu'est-ce que vous voulez ?

Il me regarde longuement.

— Je veux que tu t'appelles par ton nouveau nom. C'est aussi simple que ça.

— Fiore ? je demande, en fronçant les sourcils. Vous voulez juste que je m'appelle comme ça ?

Il hoche la tête lentement, un petit plissement se formant sur son front.

— Je ne te demande vraiment pas grand-chose... pour l'instant.

Je grimace.

— Bien.

Ses sourcils se soulèvent.

— Bien ? Bien quoi ?

Je pousse un soupir comme s'il m'avait demandé de faire quelque chose de difficile.

—Bien, je suis Fiore. Peu importe comment vous voulez que je m'appelle.

Je prends le plateau, mais il le retire.

— Non. Dis-le sérieusement.

— Que voulez-vous dire, par sérieusement ?je demande, en le regardant.

Il fait un signe de la main.

— Tu dois me convaincre que ton nom est vraiment Fiore. Ensuite, tu pourras manger. Dépêche-toi, car la nourriture refroidit.

Ma bouche penche sur le côté alors que mon estomac gronde à nouveau. Je regarde le plateau de nourriture, en avalant ma salive. Il a raison sur ce point... il ne demande pas grand-chose.

Je repousse les pensées rebelles, celles qui disent que je

ne serais même pas là sans lui. La nourriture est plus importante que toutes les pensées d'insurrection que je pourrais avoir.

Je lève le menton et croise ses yeux.

— Je suis Fiore.

Il a l'air insatisfait.

— Et que qu'est-ce que tu veux, maintenant ?

Je fais une grimace.

— Qu'est-ce que je veux ? Je veux partir.

Il recule avec un soupir.

— Ne sois pas fatigante. Tu veux la nourriture ou pas ?

— Oui, je la veux. J'essaie de ne pas avoir l'air réticente, mais même mes oreilles remarquent le ton boudeur.

— Donc pour résumer, dit-il pour me guider. Qui es-tu et qu'est-ce que tu veux ?

Je plisse les yeux pour le regarder.

— Je suis Fiore. Je veux cette nourriture.

— Cette nourriture ? demande-t-il, en découvrant une des assiettes pour dévoiler un ragoût de bœuf. Tu veux ce que j'ai apporté ici pour toi ?

— Oui ! dis-je brusquement, en le fixant du regard.

— Très bien, dit-il, en poussant le plateau vers moi. Vas-y.

Il n'y a pas d'argenterie sur le plateau, alors je me contente de manger le ragoût avec mes mains, en essayant d'en mettre le plus possible dans ma bouche d'un seul coup. C'est encore tiède sur mes doigts, la saveur salée du bœuf et des légumes m'enrobe la langue et la gorge.

Le Monstre me regarde manger avec une pointe d'amusement.

— Tu es dégoûtante, dit-il avec désinvolture, comme si j'avais choisi cela de mon propre chef.

Je ne le regarde pas. Je me concentre sur la nourriture,

sur son goût étonnant, sur la sensation de bien-être que procure le fait de remplir mon corps de nourriture.

Je vois sa main s'élancer et retirer le couvercle d'une autre assiette plus petite, révélant une petite portion de ce qui ressemble à du riz au lait. Je le regarde une seconde, incertaine.

Pourquoi m'aurait-il apporté un dessert ?

Mais il est inutile de se demander pourquoi. Pourquoi me garde-t-il prisonnière ? Pourquoi m'a-t-il amenée en Colombie ? Que compte-t-il faire de moi ?

Ce sont toutes de bonnes questions, mais des questions sans réponse.

Pendant que je termine le dernier morceau de ragoût de bœuf, il plie ses mains sur ses genoux, paraissant presque en prière.

— Tu as essayé de t'échapper hier en mon absence, dit-il doucement.

Mes yeux rencontrent les siens, le trouvant étrangement calme. Je ne dis rien, je me lèche juste les doigts. Je regarde le riz au lait, j'ai encore faim.

— Tu ne le referas plus, dit-il. Ou il y aura de graves conséquences. Tu comprends ?

Il joue avec l'assiette sur laquelle se trouve le riz au lait. Il y a une sensation de malaise entre nous jusqu'à ce qu'il parle à nouveau.

— Tu peux prendre le dessert si tu dis que tu comprends. Son visage est vide, sans émotion.

Je me mords la lèvre pendant une seconde, puis je hoche la tête.

— Je comprends.

Il bouge sa main et je récupère immédiatement un peu de ce pudding gluant et collant. Je mets mes doigts dans ma bouche, en gémissant un peu involontairement lorsque le pudding sucré atteint mes papilles gustatives. Je ferme les yeux et prends un moment pour le savourer.

Je le jure, je n'ai jamais rien goûté d'aussi bon de toute ma vie.

— Tes cheveux sont teints, constate-t-il.

J'ouvre les yeux et le trouve en train de me fixer, de regarder mes cheveux. C'est effrayant, comme s'il me cataloguait pour une collection de bibliothèque ou autre. J'avale, mais je ne réponds pas. Il ne s'attend pas vraiment à ce que je dise quoi que ce soit, je suppose.

— Je n'aime pas qu'il y ait quelque chose de faux sur toi. Tu n'as pas besoin de faux-semblants, dit-il pensivement. Je vais envoyer quelqu'un pour rectifier tes cheveux.

— Quoi ? dis-je, avec la bouche encore pleine de riz au lait.

Il a l'air dégoûté.

— Avale ta nourriture avant de parler.

Mes joues rougissent de honte.

— Vous avez un tas de règles de merde.

Il se lève et fait basculer d'une main tout le plateau en argent qui se trouve sur le lit. Il me regarde.

— Tu devrais réfléchir à deux fois avant de parler, jeune fille.

— Je m'appelle Katherine. Cela sort de ma bouche avant même que j'aie le temps de réfléchir.

Brusquement, il me tire du lit, me saisit par la taille si fort que j'entends quelque chose craquer. Je crie, le son ne sort pas, il me serre la gorge. Mes yeux s'élargissent alors qu'il s'approche de mon visage, assez près pour que je puisse sentir la chaleur de son souffle sur mon menton.

— Fais attention à ce que tu dis, lance-t-il en me menaçant, en resserrant sa main qui se trouve sur ma gorge. Je te tuerai, putain, je le jure devant Dieu.

Mes mains s'envolent pour essayer de lui retirer la main, mais il me jette par terre comme une poupée de chiffon et se précipite hors de la pièce. Ce n'est qu'alors que les larmes viennent, le choc s'atténuant un peu.

J'ai commis une erreur de jugement avec lui. Mon erreur a été de le traiter comme si nous obéissions aux règles de la société, des règles qui disent qu'il lui est interdit de me toucher. Qu'il lui est interdit de frapper une femme.

Je remonte mes genoux jusqu'à ma poitrine, en grimaçant devant la douleur au niveau de mon flanc, et j'essuie les larmes qui me viennent aux yeux. Il m'a peut-être même cassé une côte.

Je ne sais pas ce que je vais bien pouvoir faire avec lui à l'avenir, mais je sais une chose.

Il ne faut pas le prendre à la légère.

7
KATHERINE

Pendant les jours qui suivent, je suis essentiellement seule. Les plateaux-repas arrivent une fois par jour, déposés devant ma porte avec du fromage, du pain et une pomme. Je laisse les plateaux dans le hall quand j'ai fini, et on les enlève à nouveau.

Une femme âgée entre dans ma chambre avec une boîte de teinture pour les cheveux. Après avoir essayé de lui parler, sans succès, je la laisse teindre mes longs cheveux blonds. Quand elle a fini, la couleur est assez proche de ma couleur naturelle... comme si je n'avais jamais fait de mèches.

C'est comme si le Monstre effaçait des petits morceaux de mon passé, petit à petit. Je trouve ça plus déprimant que tout.

Le reste du temps, je continue à explorer ma chambre. Je m'offre le luxe de prendre un bain, de laver une grande partie de la saleté que j'ai accumulée. Je reste dans la baignoire jusqu'à ce que l'eau commence à me faire des mains fripées comme des pruneaux et que le bain se refroidisse.

Je sors du bain et trouve les robes rouge sang accrochées à leur support, attendant que je les enfile. Comme il n'y a pas de serviettes dans ma salle de bains, je sèche mes cheveux sur une des robes et mon corps sur une autre.

Je glisse la robe fourreau sur ma tête, encore frustrée par le manque de sous-vêtements. Même une paire de culottes de grand-mère en coton ordinaire serait la bienvenue à ce stade. Il n'y a pas de miroir dans ma chambre, tout comme il n'y a pas de chaussures pour mes pieds ou de draps pour mon lit.

Tout est juste inconfortable, ce qui s'ajoute au fait que je suis dans un endroit étrange avec des gens étranges.

Je refuse de me laisser aller à utiliser le mot « kidnappée ». En avalant la boule dans ma gorge, j'essaie de ne pas imaginer comment serait ma vie si je m'étais enfuie de chez moi à la Nouvelle-Orléans lorsque Tony m'a avertie pour la première fois.

Il vaut mieux ne pas y penser et continuer à explorer.

Une fois la chambre à coucher explorée dans les moindres détails, je me concentre sur la mémorisation de la maison et du terrain. D'abord les deux derniers étages, où les pièces vides résonnent étrangement et où des draps blancs recouvrent les meubles bizarres éparpillés comme des fantômes.

En explorant, je réfléchis aux personnes que je dois essayer de contacter. Pas ma famille, évidemment, même si elle me manque parfois. Je leur faisais entièrement confiance alors qu'avec le recul, ils étaient toujours un peu... bizarres et répugnants.

Je ne pourrais jamais revenir vers eux, c'est évident.

Il reste donc d'autres personnes, comme la police. Mais la police en Colombie se soucierait-elle d'une fille kidnappée ? Surtout une étrangère ? Je pense que non, ils ne seraient pas intéressés.

Mais cela n'exclut pas tous les types de police. Le FBI ou la CIA pourraient potentiellement être de bons contacts. Ou peut-être quelqu'un dans la rue ici ? Un prêtre, une jeune femme qui tisse des paniers, un fermier.

Ils seraient utiles car ils auraient la capacité d'alerter les autorités compétentes. Je réfléchis à toutes les possibilités en allant de pièce en pièce, sans rien trouver de très intéressant.

Il y a quelques pièces fermées à clé au bout d'un couloir, mais je n'entends rien quand je mets mon oreille à leur porte. Peut-être que ces pièces sont celles où loge le Monstre ?

J'explore donc le rez-de-chaussée, y compris la cuisine et la buanderie, toutes deux occupées par les mêmes femmes de service, obstinées et insensibles. Je fouine dans les deux pièces sans hésitation ni honte. Je refuse de me recroqueviller ou de me cacher d'elles. Elles doivent avoir une idée de ma situation, elles sont juste très bien payées et leur consigne est de m'ignorer.

Je garde le terrain du manoir pour la fin, tout ce qui se trouve à l'intérieur du mur. Le verger miniature sous ma fenêtre, la grande allée qui se termine par les portes les plus sécurisées que j'ai jamais vues. Le mur est en pierre, mais les grilles sont hautes, de grandes monstruosités d'acier entourées de barbelés.

La plupart du temps, j'ai le même service de sécurité au visage lugubre, y compris l'homme qui m'a attrapée et m'a rejetée à l'intérieur. Ils me suivent en silence partout où je vais.

Quelque chose me frappe lorsque je les guide à travers la cerisaie. Il y a une sorte de pouvoir dans ma position car ils ne disent rien ou ne font rien tant que je n'essaie pas de m'échapper. Ils sont comme les femmes, c'est-à-dire qu'ils ne sont pas bienveillants, mais ils ne cherchent pas activement à me faire du mal.

Quand je découvre les écuries à l'extrémité du terrain du manoir, je suis aux anges. À la Nouvelle-Orléans, j'ai fait de l'équitation régulièrement pendant des années, nous avions plusieurs chevaux dans une écurie prestigieuse... jusqu'à ce que nous manquions d'argent, bien sûr. Mon cœur se gonfle d'un curieux sentiment d'appartenance à la seconde où je pose les yeux sur le bâtiment.

Mais quand je me dirige vers l'écurie, le même jeune vigile avec qui je me suis battue précédemment prend la parole.

—Non. Tu n'as pas le droit d'entrer là-dedans.

Je me retourne, en ombrageant mes yeux, je lui jette un regard.

— Pourquoi pas ?

Il se contente de hausser les épaules, comme s'il s'en fichait. Je fronce les sourcils face à lui, mais je n'insiste pas sur ce point aujourd'hui. Mon plan visant à apprendre chaque centimètre du terrain ne repose pas sur l'exploration de cela. Je me contente de savoir que cela existe.

Un jour, quand je connaîtrai mieux l'endroit, j'élaborerai une sorte de plan d'évasion. Mais pour l'instant, je m'éloigne des écuries en regardant fixement les gardes.

— Combien vous paie-t-il ? je demande au plus jeune, en penchant la tête. Pour garder des filles kidnappées sur cette propriété. J'espère que vous gagnez beaucoup d'argent.

Il ne réagit pas.

— Ça ne te regarde pas.

Je continue comme s'il n'avait pas parlé.

— Je me dis qu'entre vous et les femmes à l'intérieur, il doit payer... quoi, un million de dollars par an ? Deux millions ? C'est un taux de rémunération assez décent, je l'admets. Je veux dire, ça ne vaut pas la prison que vous risquez, mais...

Ses yeux se rétrécissent un peu et il change de position.

— Tu parles trop.

Je le regarde, en réfléchissant. Jusqu'où le Monstre leur a-t-il dit d'aller pour me garder ? Que ferait le Monstre si je me montrais un peu trop intéressée par un des gardes ? Comment le Monstre réagirait-il si j'étais attirée par l'un d'entre eux ?

Je décide d'essayer. Qu'est-ce qui pourrait arriver de pire ? J'ai déjà été kidnappée et vendue à une vente aux enchères pour esclaves. Ça ne peut pas être pire que ça.

Ce petit bout de connaissance fait que mes lèvres se soulèvent juste un peu. Je regarde le jeune garde.

— Comment tu t'appelles ?

Je pose la question avec désinvolture. Il soulève un sourcil, en repliant ses bras sur sa poitrine imposante.

— Tu peux m'appeler Sin.

Je fais la moue et essaie de faire une moue séduisante.

— C'est tout ce que j'obtiens ? Juste Sin comme le péché ?

Les yeux de Sin se resserrent.

— C'est assez pour toi.

— Et si ce n'était pas le cas ? dis-je. Je me dirige vers lui ou du moins j'essaie. Et si j'en veux plus ?

Il fronce les sourcils.

— Tu parles trop.

— Ah oui ? Peut-être que je devrais faire autre chose, alors. Mais quoi ?

Je m'éloigne de lui, puis réduis lentement la distance qui nous sépare. Je le regarde s'affoler. C'est comme si deux pièces de puzzle s'emboîtaient dans sa tête, et je peux le voir sur son visage.

Sin prend le pistolet sur sa hanche mais ne tire pas.

— Arrête ça.

Je joue les imbéciles et les innocentes.

— Arrêter quoi ? Je ne fais rien.

Sin regarde autour de lui et se lèche les lèvres.

— Tu es complètement dingue ? No... notre maître... nous tuera tous les deux s'il te voit faire ça.

Je regarde à gauche et à droite, puis je lui chuchote à l'oreille.

— Il n'est pas là pour voir quoi que ce soit.

Puis il révèle un secret en regardant la maison, avec insistance.

— Il est partout. Tu ne comprends pas.

Cela signifie-t-il qu'il y a des caméras installées partout ? Ou est-ce que Sin fait référence au personnel de maison ?

Je hausse les épaules, me tournant pour l'éviter complètement. Je commence à retourner à l'intérieur de la maison.

— Tant pis pour toi.

Je peux sentir les yeux de Sin comme des poignards dans mon dos, mais je ne me retourne pas. Je bouge légèrement les hanches quand je m'éloigne, pour qu'il regarde mes fesses quand je pars. Il ne dit rien, il reste juste à l'extérieur.

Je passe le reste de ma journée à rêver d'évasion. Je pense à des moyens pour évincer les gardes et pénétrer dans la forêt colombienne qui entoure la maison, sans me faire remarquer.

Je m'endors à la nuit tombée, mes rêves m'emportent.

Quand j'ouvre à nouveau les yeux, je cligne des yeux, car les lumières de ma chambre, dont j'ignorais même l'existence, s'allument. À moitié endormie, je m'assois et me rends compte que le Monstre est revenu.

Je m'en rends compte parce qu'il fonce droit vers moi, ses yeux gris étincelants de fureur. Ses longues jambes engloutissent l'espace entre la porte et le lit. Avant même que je puisse vraiment réagir, il me saisit par les épaules, et me soulève. Il me donne plusieurs secousses brusques, en rapprochant son visage du mien.

— Tu es une idiote, lance-t-il en enfonçant ses doigts dans ma chair.

À cette distance, je vois qu'il ne s'est pas rasé aujourd'hui, je sens une note intense de bois de santal dans l'air. Ma première pensée endormie est qu'il est presque d'une beauté à couper le souffle, ses traits comme sculptés dans une pierre d'un autre monde.

Je suis un peu déconcertée. Par sa présence soudaine, mais aussi par l'heure qu'il est. Un coup d'œil par la grande baie vitrée prouve qu'il fait encore nuit dehors.

—Je... je commence à balbutier, mais il me secoue à nouveau.

— Non, ne parle pas, dit-il en ricanant, en respirant nerveusement. Tu crois que tu peux juste parler à mes gardes du corps ? Eh bien, je pense qu'il est temps que tu apprennes pour la boîte.

La boîte ? Je me démène pour mettre bout à bout ce qu'il dit. *Quelle boîte ?*

Il me repousse sur le lit, se penche pour faire sortir la boîte dorée qui se trouve sous mon lit. Ma bouche s'ouvre un peu pendant qu'il retire le gros couvercle, révélant du velours écrasé à l'intérieur.

Il ne compte sûrement pas me mettre là-dedans ?

Mais il m'attrape par les chevilles et me traîne hors du lit. Un cri involontaire sort de mes lèvres.

— Non ! dis-je. Qu'est-ce que vous faites ?

Il est bien trop fort pour que je puisse faire autre chose que de lutter alors qu'il me force à entrer dans la petite boîte. Je crie lorsqu'il réussit à me maintenir suffisamment longtemps pour remettre le couvercle, m'enfermant dans la boîte qui ressemble à un cercueil.

Il fait sombre, et je peux à peine bouger. Je deviens instantanément claustrophobe, j'ai du mal à respirer.

— Non ! Laissez-moi sortir ! Monstre, s'il vous plaît ! Je crie, en tapant des poings sur le couvercle. S'il vous plaît ! Je ne peux pas respirer !

Je l'entends à peine se déplacer par-dessus le boum, boum, boum de mon propre cœur. J'essaie encore de bouger le couvercle, en utilisant tout mon corps pour le pousser, mais ça ne sert à rien. Ma seule pensée quand je commence à sangloter, c'est que je suis dans mon propre cercueil. J'imagine que ma mère s'est probablement sentie comme ça quand elle est morte dans cette vieille cabane, toute seule.

Je griffe le couvercle, en suppliant et en pleurant.

— S'il vous plaît ! Monstre, je sais que vous êtes là ! S'il vous plaît, vous ne comprenez pas...

Je l'entends changer de position, mais rien de plus. Il essaie probablement de comprendre comment il a fini par acheter quelqu'un d'aussi cinglé. Je pense à ces choses alors que je gratte le couvercle, arrachant mes ongles.

— Aidez-moi, je pleure, je me sens envahie par le désespoir. J'ai la gorge qui me gratte et qui est enrouée à force de crier. Oh, mon Dieu, aidez-moi...

Je suis parfaitement consciente de chaque respiration que je prends, de chaque centimètre de mon corps, des quelques centimètres qui me séparent du couvercle. Je ferme les yeux et essaie de calmer mes larmes.

Après encore plusieurs minutes de respirations haletantes et de sanglots, je me tais enfin. Mes yeux et mes poings sont serrés, inutiles dans ce moment.

Je suis morte. Je n'ai pas survécu à l'enlèvement, et je suis en enfer.

Bizarrement, cette pensée me réconforte. Ma respiration devient plus profonde et plus aisée, mon esprit se calme un peu. Tant que je ne pense pas à l'endroit où je me trouve, je peux en quelque sorte... juste exister. Comme si mon esprit flottait quelque part, comme une méduse, loin d'ici.

Je m'imagine cela et me mets dans un état intermédiaire, pas tout à fait éveillée, pas tout à fait endormie. Pas en paix, mais juste... pas ici. C'est plutôt agréable.

Le Monstre soulève soudainement le couvercle, me replongeant ainsi dans la réalité. Son expression est surtout curieuse ; la colère qu'il a ressentie s'est dissipée.

— Comment tu m'as appelé ? demande-t-il, en me regardant de haut.

— Monstre, je chuchote, en rencontrant ses yeux. Je vous appelle comme vous êtes.

Il semble amusé.

— C'est exactement ce que je suis, Fiore.

Puis il se retourne et sort de ma chambre, détendu, calme et serein. Je me traîne hors de la boîte et la remets sous le lit, en tremblant sous l'effet des endorphines.

Je suis si troublée par ce qui vient de se passer, je ne sais même pas quoi faire.

Qui sourit et accepte qu'on l'appelle Monstre ?

8

ARSEN

Je rêve de mes frères Damen et Dryas cette nuit-là. Je rêve que je suis jeune à nouveau, environ dix ans. Mon père a disparu, et ma mère s'est mise au lit avec sa pipe et fume un peu pour ne pas se réveiller en tremblant pendant la nuit.

Nous sommes tous les trois assis sur un pont, sous la pleine lune d'été, à regarder l'eau. Le silence nous accable alors que le lointain bruit d'une corne de navire retentit dans la nuit mystérieuse.

Nous avons été chassés de la maison pour que notre mère puisse dormir paisiblement. Après un petit vol à la tire sur les quais, qui nous permettra de nous payer un morceau de pain chacun, nous nous sommes installés ici pour nous asseoir et attendre.

Damen se gratte furieusement la tête. Je le regarde, pensant que cela fait un moment que nous n'avons pas eu la tête rasée. Nous ne voulons pas attraper à nouveau des poux, ou d'autres bestioles qui vivent dans les cheveux.

Comme je suis plus âgé que Damen d'un an, c'est à moi de m'assurer qu'il est exempt de vermine.

Je mâche le dernier morceau de mon pain, en remarquant que Dryas n'a même pas encore touché le sien. Sa tête sombre est baissée, ses yeux se concentrent sur l'eau.

Âgé d'à peine neuf mois de plus que moi, il a toujours été le plus introspectif de nous trois. Il pousse un soupir, en ruminant des pensées noires.

— Quoi ? je demande, en m'appuyant sur mes coudes. Tu penses encore à comment on va payer le loyer ? Je te l'ai dit, on a dix jours pour trouver une solution.

Dryas secoue lentement la tête.

— Non.

— Alors quoi ? je lui pose la question et mon regard se porte à nouveau sur Damen.

Damen semble ignorer notre conversation, il est complètement perdu dans son propre monde. Mais je soupçonne qu'il entend plus qu'il ne laisse paraître.

— Et si elle meurt ? dit Dryas inquiet.

—Qui ? Notre mère ? je lui demande alors que mon visage se crispe sous l'effet de la concentration.

— Oui. C'est ce que j'ai entendu Pallis dire quand des gars sont venus chercher un logement. Qu'il s'attend à ce que notre appartement soit disponible bientôt parce qu'elle est malade.

Je suis un peu déconcerté.

— Malade ? Comment malade ? Elle n'a pas de toux...

Il hoche la tête, il continue de fixer l'eau.

— Pallis dit qu'elle a couché avec le mauvais genre d'hommes. Elle a la même maladie que celle qui tue tant de femmes dans la rue.

Il fait la grimace en regardant la pleine lune. Je considère le fait que notre mère pourrait être en train de mourir et ne ressens étonnamment pas grand-chose. Vraiment, elle a commencé à nous échapper quand notre père est parti, quand elle a commencé à prendre la pipe qui la fait dormir.

Ces trois dernières années, mes frères et moi avons été la plupart du temps seuls. Nous avons payé le loyer et nourri notre mère. Sans elle, je pense sincèrement que nous serons mieux lotis.

Mais je ne le dis pas à Dryas. Au lieu de cela, je change de sujet.

— Dis-moi encore ce que l'homme de la mafia t'a dit ? dis-je

Dryas s'anime quelque peu.

— Il dit que nous sommes presque assez vieux pour rejoindre la mafia. Probablement un an pour moi, et deux pour toi. Dès qu'on aura fait ça, on sera casés. Nous devons juste passer par leur rituel pour intégrer...

— Je me demande ce que ça peut être ? dis-je, avec enthousiasme.

Dryas me regarde, son visage se transforme, il vieillit. Il n'y a plus que nous trois, mais maintenant j'ai dix-huit ans, je suis un homme légalement. Nous sommes terrés dans un appartement au deuxième étage, avec Damen qui regarde à travers les stores pour voir nos cibles dès qu'elles arrivent dans la ruelle en dessous. Il plisse les yeux et mélange son jeu de tarot, en silence comme d'habitude.

Si je ne le connaissais pas mieux, je penserais que Damen est plus doux que Dryas et moi. Mais en réalité, je sais que Damen ne se montre pas froid et calculateur. En fait, il tue pour le plaisir. Le plus jeune d'entre nous trois est devenu un psychopathe sanguinaire.

Je ne peux pas lui reprocher après ce dont il a été témoin.

— Je pense que nous serions stupides de ne pas aller à Londres, dit Dryas. Il allume une cigarette et prend une bouffée, en réfléchissant. Il hausse les épaules. Si les Chypriotes veulent bien de nous, je n'y vois aucun inconvénient.

— Nous allons quitter tout ce que nous avons connu. Nous allons probablement mourir dans la semaine qui suivra notre départ en terre étrangère, dis-je en jetant un coup d'œil.

Dryas glousse.

— Oh ? Parle pour toi. Je suis immortel.

Je lui jette un coup d'œil.

— Je suis sérieux, Dryas.

— Moi aussi ! En plus, tu as juste peur de quitter cette pute que tu as baisée. Il y a tout un monde de putes, petit frère.

Je me renfrogne. Il n'a pas tort. Je suis un peu inquiet à l'idée de quitter le délicieux petit cul dans lequel je me suis perdu ces derniers temps. Mais surtout, je m'inquiète au sujet des ambitions de Dryas.

Cet homme pense qu'il va reprendre la famille de la mafia chypriote, et il pense que c'est la meilleure chose à faire. Seulement, il ne le dit pas tout haut.

Ce qu'il ne réalise pas, c'est que j'ai déjà parlé de Londres aux plus hauts responsables. J'y vais sans aucun doute, avec ou sans Dryas et Damen.

Il n'est pas le seul à avoir de l'ambition.

Je regarde Damen.

— Aucun signe de Fiore ?

Damen a l'air déconcerté :

— Tu ne devrais pas être plus inquiet pour Anna ? Elle est morte à cause de toi, après tout...

Et je suis soudain tiré en arrière, hors du rêve.

———

Cela ne semble pas approprié, de poser des questions sur Fiore. Ce n'est pas ce que j'ai dit, n'est-ce pas ? Et cette partie sur Anna... ma chronologie est complètement tordue.

Je bouge dans mon sommeil, je me réveille progressivement. J'ouvre les yeux dans le noir absolu, c'est comme ça que je préfère ma chambre. En sortant du lit, je marche nu jusqu'à ma fenêtre, en tirant les rideaux. Je grimace devant la lumière du soleil qui se déverse et inonde mon corps.

Je reste là un instant, à essayer de comprendre le rêve que je viens de faire. Pour l'essentiel, il était exact... sauf pour ce passage à la fin. Je n'ai jamais parlé d'elle à l'époque ; bon sang, je n'avais même pas imaginé qu'une telle personne puisse exister dans mon monde jusqu'à il y a quelques mois.

Tout comme je n'avais jamais vu la tête sanglante d'une femme que je baisais arriver sur le pas de ma porte. Je suppose que les choses étaient plus simples avant...

Ce que je retire de l'ajout apporté à mon rêve ce matin, c'est que j'ai cette fille dans la peau, qu'elle s'est glissée dans mes rêves. Pour une petite fille aussi mince, Fiore prend trop de place dans mon cerveau.

Elle occupe mes pensées plus que je ne l'avais prévu. Outre le fait qu'elle me rappelle Anna, elle est très agréable à regarder. D'ailleurs, elle est extrêmement jolie, avec sa peau pâle et crémeuse et ces grands yeux bleus. Sa bouche est envoûtante, boudeuse et pulpeuse.

Les choses que je voudrais faire avec cette bouche m'empêchent de dormir la nuit.

Je la visualise quand je voyage, me demandant ce qu'elle peut bien faire. J'imagine le plaisir que j'aurai une fois que je l'aurai brisée, corps et âme, et que je lui aurai fait désirer la mort.

En regardant par la fenêtre, je deviens dur en l'imaginant à genoux, une douce petite vierge me suppliant de ne pas la violer. Puis je me demande si elle ne va pas me surprendre et me supplier de la baiser à la place, de la punir avec ma bite.

Dans un cas comme dans l'autre, ce sera agréable pour moi. En fermant les yeux, je serre ma bite avec mon poing, je la caresse doucement en pensant à ses gémissements de plaisir qui se mêlent à la douleur. Je l'imagine me supplier de lui donner ma bite, ses lèvres roses et douces se refermant sur le bout.

Je gémis quand je pense que je serai le seul à défoncer son innocence parfaite, à lui voler sa virginité. Et elle va me supplier de le faire... Je ne prends jamais rien aux femmes sans que cela m'appartienne de droit.

Non, Fiore va me supplier de lui donner ma bite avant que je la punisse en la plongeant de tout son long. J'ai une bite énorme, donc je prévois que ça lui fera mal quand je prendrai enfin sa virginité.

Cette pensée me fait remonter les lèvres et la pointe d'un sourire se forme sur mon visage.

Je ne suis pas un homme bien. Je ne suis pas l'idée que l'on se fait du type que l'on ramène chez soi pour rencontrer ses parents. Je ne serai jamais le petit ami super gentil qui écoute les soucis et fait oublier les peurs.

Je suis quelque chose de complètement différent. Je suis un assassin, un homme d'affaires sans scrupules, tapi dans l'ombre de la ruelle quand tu rentres chez toi. Je suis dangereux et je n'ai aucun problème avec cela.

Les gens ont peur de moi, y compris les putes avec lesquelles je couche. Je n'ai aucun scrupule à passer à l'acte en suivant mes pulsions les plus primaires, et aucune raison de m'en empêcher.

Alors, je pense à la détruire, à déchiqueter tout ce qui est décent et moral dans la vie de Fiore. Et cela me stimule, me fait bander.

Quand quelqu'un frappe à ma porte, je ne m'arrête pas. Je reste juste debout à la fenêtre, perdu dans mon propre monde. Le deuxième coup n'est qu'un bruit de fond.

Quand la voix de Damen interrompt mon plaisir, je suis stupéfait.

— Arsen, ta petite esclave essaie de s'échapper, lance mon frère. Ce serait drôle si ce n'était pas si pathétique.

J'attrape mon peignoir de soie noire et l'enfile précipitamment.

— Qu'est-ce que tu fous ici ?

J'exige de le savoir. Damen hausse les épaules.

— Je suis venu te voir, mon frère. D'ailleurs, ce n'est pas de moi qu'il faut se soucier. Ton achat de plusieurs millions de dollars est dans les cuisines, à la recherche de nourriture qu'elle pourra prendre quand elle s'échappera. Elle a laissé ça traîner dans sa chambre.

Il tient un morceau de papier, que je lui arrache du bout des doigts. C'est une liste écrite d'une main féminine, détaillant toutes les choses qu'elle doit rassembler et emballer pour sa tentative d'évasion. Je la lis brièvement, puis la froisse dans ma main.

Je fixe Damen avec un regard d'acier, sans lui faire confiance une seule seconde. Il n'a fait que me compliquer la vie depuis que j'ai pris le contrôle du territoire de la Nouvelle-Orléans, et maintenant il se pointe ici ?

Improbable.

J'ai aussi un problème avec le fait qu'il se rapproche trop de Fiore, mais c'est pour une autre fois. Je passe à côté de lui et descends les escaliers vers la cuisine, ma fureur atteignant mon cœur glacé et le remplissant d'un feu inextinguible.

9

KATHERINE

Je me faufile dans l'escalier de derrière, en portant un torchon plein de nourriture qui se conserve sans problème. C'est le troisième point de la liste que j'ai griffonné après avoir trouvé les sacs à main et les vestes légères des femmes qui travaillent dans la cuisine.

De la nourriture qui se conserve et quelque chose pour pouvoir la transporter.

Pendant que les femmes faisaient le ménage à l'étage, je me suis glissée dans le petit placard d'où je les ai vues aller et venir et j'ai trouvé toutes leurs affaires.

Je n'ai pas réfléchi à deux fois avant de les voler. Au diable ces femmes qui sont assez payées pour oublier une prisonnière parmi elles. Je n'ai pas sourcillé lorsque j'ai pris un peu d'argent, plusieurs stylos, un canif et un bloc de papier.

Je suis restée debout tard, à réfléchir et à planifier. J'écrivais sur mon nouveau bloc de papier.

Aujourd'hui, je suis retournée au sous-sol et j'ai attendu qu'elles soient occupées à l'étage. Puis j'ai pris de la nourriture dans le garde-manger, un peu de ceci et un peu de cela, pas au point qu'on le remarque, juste suffisamment de pain et de fromage et deux ou trois pommes pour tenir quelques jours.

Puis, j'ai pris la première chose que j'ai vue pour les mettre dedans, un torchon fraîchement nettoyé, et je me suis glissée hors des cuisines. C'est aussi simple que cela.

Maintenant, le cœur battant, je cours à l'étage aussi vite que mes jambes me portent. Mais quand je m'approche de ma chambre, j'entends le Monstre qui se précipite dans le couloir. Comment a-t-il pu être au courant si vite ? Je viens juste de descendre !

En arrivant au coin, dès que je me précipite dans ma chambre, je cherche un endroit où cacher mon torchon. Fébrile, je jette tout dans la baignoire et ferme partiellement la porte de la salle de bains derrière moi.

Je n'arrive même pas à atteindre le lit avant que le Monstre ne débarque, l'air bouleversé. Peut-être que « bouleversé » est un mot trop gentil pour ça... on dirait qu'il va tuer quelqu'un. Mon cœur commence à battre dans ma poitrine.

— Putain de merde, qu'est-ce que tu crois que tu es en train de fabriquer ? hurle-t-il, en me prenant par le bras. Il me donne une secousse assez forte pour que ma tête bascule en arrière. Il est tellement plus grand que moi qu'il pourrait facilement me blesser ou me tuer.

J'avale l'énorme boule qui se forme dans ma gorge.

— Rien ! j'insiste, en faisant comme si je ne savais pas pourquoi il est contrarié.

— Menteuse, insiste-t-il en me secouant à nouveau. Ne t'embête pas à essayer de m'embobiner, idiote. Mon frère a trouvé ton petit mot.

Je me sens pâlir :

— Je... C'était...

Il m'interrompt.

— Non, c'est fini.

Le monstre me lance sur le lit tête la première, puis il commence à sortir la Boîte. Au premier éclair d'or, ma poitrine se soulève. Je ne me souviens que trop bien de ce que j'ai ressenti quand j'étais enfermée à l'intérieur.

Des mots sortent de ma bouche, lui promettant absolument tout pour éviter la Boîte.

— Non ! Monstre, s'il vous plaît ! je plaide, la peur me remplit le cœur en regardant La Boîte avec des yeux larges et effrayés. Je jure que je ferai n'importe quoi ! Tout sauf ça !

Il arrache le couvercle de La Boîte, puis s'arrête l'espace d'un instant. Ses yeux gris brûlent de rage.

— Déshabille-toi, dit-il, d'un ton furieux.

Je ne pose pas de questions. Je me contente de glisser ma robe par-dessus ma tête et de la jeter sur le lit. Je tremble violemment, je ne me suis jamais sentie aussi nue. Il prend un moment pour me regarder, ses yeux me sondant dans toutes sortes d'endroits que je souhaite désespérément garder intimes.

— Arrête de bouger, ordonne-t-il en se mettant debout.

Je retiens mon souffle et me force à rester immobile. Je remarque qu'au lieu de ses vêtements habituels, pantalon et chemise noirs, il porte un peignoir en soie noire. Comme si j'avais interrompu sa routine vestimentaire ou comme si je l'avais fait sortir du lit soudainement peut-être.

Je le regarde rôder autour du lit, mon corps rougissant sous son regard. Si je pouvais remonter dans le temps, j'aurais posé des conditions à mon offre de faire tout ce qu'il demandait. *Tout* était excessif, l'autorisait à trop de choses.

Je regarde désespérément son visage, cherchant un indice sur ce qu'il pense. Je ne veux pas de La Boîte, mais je ne vais pas non plus lui donner ma virginité de plein gré. Il ne va certainement pas m'en demander autant, pas pour une si petite infraction.

Je tremble quand je sens son regard s'attarder sur mes seins, ma chatte, les rondeurs de mon cul.

— Tu veux échapper à la boîte ? demande-t-il, ses yeux affamés remontent et se posent sur mon visage.

J'avale à nouveau, en me léchant les lèvres. Je lui réponds en chuchotant :

— Oui.

Il incline la tête, un sourire cruel se dessine sur ses lèvres.

— Je veux te regarder te toucher.

Je laisse tomber ma tête en avant. Je crois que je ne l'ai pas entendu correctement.

— Qu-quoi ?

— Tu m'as bien compris. Il plie ses bras musclés en travers de sa poitrine. Couche-toi et écarte les jambes. Je veux un spectacle. Fais tout pour que je sois plus intéressé à te regarder te masturber qu'à t'entendre crier dans la boîte.

Je me mords la lèvre, rougissant jusqu'aux racines.

— Mais... pourquoi ?

Il me regarde :

— Parce que, petite fille, tu m'as interrompu ce matin. Juste quand j'avais ma bite bien dure. Si tu veux éviter la Boîte, tu ferais mieux d'arranger ça tout de suite.

Je baisse les yeux, incapable de croiser son regard. Le fait qu'il vienne d'admettre qu'il se masturbe est une chose, mais le fait qu'il veuille que je le fasse ? Ici, maintenant ? Devant lui, alors qu'il en retirera sans doute du plaisir ?

Cela me fait mourir un peu à l'intérieur.

Je regarde La Boîte, tremblant parce que je me rappelle

quand j'étais enfermée à l'intérieur, sans lumière, pensant que j'allais mourir d'étouffement.

Je suis coincée entre deux choix horribles, mais il est assez clair qu'une option me fait irrationnellement peur. L'autre me dégoûte juste.

Je dois faire ce qu'il me demande. Je le regarde, et il voit ma réponse écrite dans mes yeux. Un sourire fugace passe sur son visage.

— Bonne décision, dit-il, en croquant les mots comme s'ils étaient caoutchouteux. Il me fait signe de la main.

— Vas-y. Je veux *tout* voir.

Tremblante et rougissante comme pas possible, je m'allonge, mon cœur bat aussi vite que celui d'un lapin. Je n'arrive pas à croire que je vais faire ça, je ne me touche même pas souvent à la maison. Je ne sais jamais qui m'écoute, ni qui pourrait faire irruption dans ma chambre.

— Tu t'y prends déjà mal, dit le Monstre en fronçant un sourcil. Il me fait signe de m'approcher. Approche-toi près d'ici, au bord du lit, que je puisse te voir.

Je me précipite au bout du lit. Je m'assois puis je m'allonge.

— Tu ne vends pas ça comme une bonne alternative à la Boîte, dit-il d'un ton ennuyé. Est-ce que tu vas me faire changer d'avis et annuler mon offre ?

Je secoue la tête, sentant des larmes de honte me piquer le coin des yeux. Je passe mes mains sur ma poitrine, je touche mes seins, mes hanches. Je caresse mes cuisses et mon pubis, encore et encore à un rythme lent.

— Écarte les cuisses, exhorte le Monstre avec impatience.

Je suis ses ordres, d'une manière perverse, et je suis heureuse qu'il me dise ce que je dois faire. Il a provoqué cette situation, je ne devrais donc pas ressentir autre chose que de la colère envers lui. Mais alors que j'écarte les cuisses et les genoux au bout du lit, je ne peux pas trouver cette émotion parmi le tourbillon de sentiments dans ma tête.

Je glisse deux doigts dans le repli de ma chatte, en essayant de ne pas le regarder mais sans y parvenir. Ses yeux sont fixés sur chacun de mes mouvements alors qu'il commence à défaire la ceinture de son peignoir. Il est complètement nu en dessous, avec des muscles puissants et magnifiques.

Et son... son pénis...

Je n'en ai pas connu beaucoup, et certainement jamais d'aussi près que les quelques centimètres qui me séparent de lui. Mais bon sang, je ne me souviens pas d'en avoir jamais vu un aussi *gros*. Il est... monstrueux.

Comme c'est approprié, que le Monstre soit si bien pourvu. Il peut à peine mettre son poing autour de son... membre. Il le caresse brutalement, ce qui me fait me demander si c'est... comme ça... qu'il aime le sexe.

Mon visage s'enflamme à cette pensée. Je dois me concentrer sur ce que je fais au lieu de me concentrer sur lui.

Le regard du Monstre se pose sur mon visage.

— Mouille tes doigts avec ta langue.

Je tremble comme une feuille quand je porte mes doigts à ma bouche, en refermant mes lèvres tout autour. Ma salive recouvre le bout de mes doigts, et je redescends mes doigts entre mes jambes.

Je ferme les yeux et détourne la tête de lui en sondant doucement mon clitoris et mes lèvres inférieures. Mon cœur bat dans mes oreilles alors que je fais des cercles sur mon clitoris tout doucement, puis je plonge un doigt dans mon entrée.

À ma grande surprise, je ne suis pas sèche. Non, il

semble qu'un peu de... stimulation contribue grandement à me rendre humide.

J'ai honte de moi, mais j'essaie de ne pas y penser pour l'instant. Je me concentre plutôt sur mon clitoris, en utilisant deux doigts pour y faire lentement des mouvements circulaires.

— Regarde-moi, dit le Monstre, sa voix à peine plus qu'un grondement dans sa poitrine.

J'ouvre les yeux, je me mords la lèvre et le regarde. Il se penche sur moi, sans me toucher, mais toujours trop près, en faisant bouger son poing de haut en bas sur sa bite. Il se lèche les lèvres, son excitation est palpable.

— Dis-moi ce que tu ressens, gronde-t-il. Ou fais des bruits. Fais quelque chose pour moi.

Si je dois décrire quelque chose à haute voix, je suis sûre que je vais littéralement mourir. Alors, au lieu de cela, je penche la tête en arrière, en regardant le plafond bleu foncé, et je fais des sons haletants. Au début, ils sont un peu forcés, mais ensuite... ils ne le sont plus.

Je laisse échapper un gémissement quand je commence à bouger mes doigts un peu plus vite. Je ne devrais pas être excitée par cela, mais le fait de savoir que c'est interdit — que c'est totalement tabou — ne fait que m'encourager.

Mes hanches se mettent à bouger de manière cadencée, en rythme avec un mystérieux battement de tambour que moi seule peux entendre.

— Putain, grogne le Monstre, sa voix est impatiente. Assieds-toi, Fiore. Assieds-toi !

Perplexe, je me relève sur un coude. Il est rouge et respire fort, il tape sa bite directement sur moi. Je suis si troublée que je ne sais pas ce que je suis censée faire.

Il me fixe du regard, ce regard gris parfait qui semble me traverser. Je tourne un peu la tête, mais je ne romps jamais le contact visuel. Il gémit et devient plus dur, puis lance plusieurs longues giclées d'une substance collante blanche et chaude sur mes seins nus et le haut de mon ventre. Je suis tellement surprise que tout ce que je peux faire, c'est rester assise comme une idiote, la bouche ouverte, à cligner des yeux.

Il caresse son pénis de plus en plus lentement, pour finalement s'arrêter. Il referme son peignoir, en nouant la ceinture. Il me regarde d'un œil critique.

— Nettoie-toi. Il a l'air dégoûté. Vite, avant que les bonnes viennent remettre en ordre le bazar que tu as fait avec leurs affaires.

Le Monstre se retourne et sort de la pièce, sans m'adresser un mot de plus. Je reste assise pendant une longue minute, en essayant de respirer, puis je me lève et me nettoie.

Je suis trop choquée par ce dénouement soudain pour en tirer des conclusions, mais je sais une chose.

Je viens d'avoir ma première relation sexuelle.

Et c'était... Eh bien, c'était certainement une *expérience*.

10

KATHERINE

Je suis à nouveau seule pendant les jours suivants. Je ne sais pas où se trouve le Monstre, et personne ne communique avec moi. Les servantes me regardent avec des yeux méfiants chaque fois que je les vois.

Je suppose que c'est ma pénitence pour avoir volé leurs affaires.

En me promenant sans but dans les couloirs du manoir, je me retrouve à ressasser les événements de l'autre jour encore et encore. Plus précisément, je me souviens du moment où je me suis assise et où je l'ai regardé dans les yeux.

J'essaie de comprendre les émotions grisantes qui sont passées entre nous à ce moment précis. La colère et la rage. Le désir. Mais il y avait plus que cela.

Peut-être y avait-il de l'attirance, venant de moi et de lui ?

Je ne le comprends pas et je n'aime certainement pas ça. Ni lui.

Mais c'était quand même là.

J'envisage d'essayer de dissocier l'idée de sa personne, du

concept de ce qu'il a fait. Oui, c'est un kidnappeur, un meurtrier, un tortionnaire.

Mais quand je l'imagine dans mon esprit, je pense à ses muscles lisses et à sa carrure. Je pense à la façon dont ses chemises noires sont un peu serrées et à la façon dont elles tirent un peu sur sa poitrine et ses biceps.

Et après son exhibition de l'autre jour, je ne peux pas m'empêcher de penser à son gros... membre. Il était énorme, aussi épais qu'une canette de soda et deux fois plus long.

Je mentirais si je disais qu'allongée dans mon lit, je n'ai pas essayé de comprendre comment son pénis était censé... rentrer dans le vagin de n'importe quelle femme.

Cela semble tellement mal et impossible que Dieu ait créé un homme si... destructeur. Si on fait abstraction de la personnalité du Monstre, abstraction de ses méfaits. Avoir un pénis comme ça...

C'est comme s'il avait été fait pour détruire la pauvre femme qui intéresserait le Monstre.

Cela me semble vraiment cruel, de prime abord. C'est comme si Dieu se moquait de n'importe quelle mouche prise dans la toile du Monstre.

Et comme je suis actuellement la mouche qui vole à l'extérieur de cette toile, j'ai de bonnes raisons de m'inquiéter.

Je mentirais également si je disais que je n'imagine pas comment il pourrait se loger dans mon corps. Non pas que je le souhaite, bien sûr. Ça a l'air douloureux. Mais j'ai quand même eu cette pensée.

L'après-midi, je marche dans la cour, suivi par Sin et les autres gardiens. Je passe mon temps à mémoriser la haute clôture en pierre, à regarder chaque petite fissure, à essayer de me rappeler les principaux défauts.

Parce que je n'ai pas l'intention d'être ici pour toujours. Je ne sais pas au bout de combien de temps le Monstre va commencer à se lasser moi. Je ne suis pas non plus certaine de ce qu'il fera alors. Mais le viol et le meurtre sont en haut de la liste des choses qui m'inquiètent.

Je ne vais certainement pas rester dans les parages et voir si le Monstre change d'avis sur un coup de tête. Quand le moment viendra d'être prête à fuir... en supposant qu'il y ait un moment pendant lequel Sin ou les bonnes ne me regardent pas... je serai prête à partir.

J'essaie de parler à Sin, mais il regarde juste au loin comme si je n'étais pas là. Finalement, je laisse Sin et les gardes du corps derrière moi dans la chaleur de l'après-midi, pour aller vagabonder à l'intérieur de la maison.

Je n'ai jamais passé autant de temps à ne rien faire. À la maison, je faisais toujours la lessive, je récurais les sols ou je cuisinais pour quelqu'un. Bien que ces activités ne me manquent pas beaucoup, je ne sais pas trop ce que je suis censée faire.

Qu'est-ce que je dois faire ? À la fin du troisième jour, seule, sans personne à qui parler, je suis au bout du rouleau. Je m'invente des petits jeux pour rester saine d'esprit.

Je me promène dans les pièces vides, en me demandant si je peux trouver des objets égarés par les gens qui vivaient ici. Parce qu'il est évident qu'une famille habitait ici.

Je peux le deviner grâce à certains détails. Les petites encoches gravées dans un cadre de porte pour suivre la croissance de quelqu'un. Les rayures sur le sol d'une grande pièce lumineuse qui, je l'imagine, était un salon. Les marques légères en forme d'arc indiquent un cheval à bascule, peut-être.

Je ne sais donc pas de quel type d'activité elles témoignent, mais j'aime à penser que la famille qui vivait ici était en bonne santé et dynamique. Je passe un peu de temps à me demander combien d'enfants il y avait ici, et quel âge ils avaient.

Comment est-ce que le Monstre est devenu propriétaire de cette maison ? Qu'est-il arrivé à la famille qui vivait ici ?

Je trouve une pièce qui devait être une bibliothèque, avec des étagères encastrées très hautes et une cheminée en briques. Cette pièce se trouve à côté des pièces fermées à clé dans ce que je considère l'aile est. J'aime la bibliothèque, à cause de toutes ses étagères vides. Toutes les étagères en bois sont polies et bien taillées. Il y fait bon vivre, comme si quelqu'un l'avait jadis chérie et entretenue.

En explorant les étagères, à la recherche d'un peu d'information pour nourrir mon esprit curieux, je trouve quelque chose.

Sur le bord de l'une des grandes étagères, cachée sur le côté, se trouve un petit levier. Je jette un coup d'œil pour m'assurer que personne ne regarde, je retiens mon souffle, puis j'appuie sur le levier.

J'entends les engrenages grincer quelque part derrière l'étagère, puis le mur *bouge*. Je recule de quelques centimètres alors qu'il s'ouvre en poussant comme un long soupir de souffrance.

Je crois que j'ai accidentellement ouvert une sorte de passage secret !

J'ai les yeux écarquillés et les doigts qui tremblent en regardant l'ouverture. Je dois vraiment tirer fort pour faire bouger l'étagère, mais bientôt un couloir sombre est partiellement éclairé par la lumière du soleil de la bibliothèque.

Incapable de résister à l'attrait de quelque chose de nouveau et de différent pour rompre la monotonie de ma journée, je me glisse à l'intérieur. Dès que je suis à l'intérieur, j'éternue immédiatement. Il y a une épaisse couche de poussière sur le sol, d'au moins plusieurs centimètres.

Apparemment, personne n'a utilisé ce passage depuis très, très longtemps.

Le passage mesure probablement à peine un mètre de large et peut-être sept mètres de long. Je m'avance doucement, en tendant les mains devant moi quand il fait trop sombre pour voir devant moi. Je trébuche sur quelque chose sur le sol, peut-être une pile de livres ou de magazines.

Quand j'arrive à l'autre bout du passage, je trouve une grande porte plate. Il y a une poignée en bois lisse que je tire vers le bas, ce qui libère un loquet de l'autre côté. Les engrenages commencent à grincer, et soudain, je me retrouve dans une pièce que je n'avais jamais vue auparavant.

Les murs sont tout noirs, la pièce elle-même n'est éclairée que par un rideau partiellement ouvert. Je vois bien que c'est une chambre à coucher. Il y a un grand lit, recouvert de soie noire, et deux tables de chevet. À part une porte qui mène probablement à une salle de bain attenante, une armoire noire élégante pour ranger les vêtements et une simple étagère en bois assortie à celles que je viens de voir dans la bibliothèque, la pièce est vide.

Merde ! Soudain, je mets bout à bout deux ou trois éléments dans ma tête et me rends compte dans quelle chambre je suis probablement.

La chambre du Monstre.

Un rire me monte aux lèvres, alors même que je réalise à quel point il est dangereux d'être ici. Il me semble que c'est drôle pour une raison inconnue de trouver le refuge du Monstre. Il y a une blague à faire sur le fait qu'il ne doit pas être un vampire après tout, mais à qui pourrais-je la faire ?

Les murs noirs me fixent et semblent me narguer. Je me dis que ça pourrait être la chambre de Sin ou celle d'un des autres gardes du corps, mais...

Il y a quelque chose dans cette pièce qui me fait penser

au *Monstre*. Je ne peux pas résister à mon désir de me faufiler dans la chambre, de passer le bout de mes doigts sur les draps de soie noire de son lit.

Je laisse le chuchotement de la soie derrière moi en faveur de la table de chevet du Monstre. Je m'y rends en me mordant la lèvre et en fronçant les sourcils quand je vois une photo du Monstre dans le quartier français. Je prends la photo doucement, en regardant attentivement le Monstre qui a l'air heureux et qui pose avec une brune aux hanches minces. J'examine la femme qui s'accroche à lui, réalisant d'emblée qu'elle et moi nous ressemblons beaucoup, à l'exception de nos cheveux.

Surtout au niveau du visage, et dans la façon dont nous nous tenons. En robe de dentelle noire coûteuse, il est évident qu'elle est habillée de façon beaucoup plus voyante que moi. Elle porte une paire de talons très hauts et tient un petit sac noir.

Mais rien ne peut masquer les cernes sous ses yeux ou le soupçon de chien battu qu'elle arbore. Je me demande qui elle est, d'où elle vient.

Et ce qu'elle fait au bras de mon ravisseur, en souriant et en prenant la pose.

Je remets prudemment le cadre en place et fais coulisser le tiroir du dessous. Il y a quelques papiers au fond et un petit flacon bleu contenant des pilules blanches sans étiquette, mais rien qui ne mette en lumière qui est le Monstre.

Je ferme le tiroir et regarde autour de moi. La bibliothèque m'appelle, et je me dirige vers elle. La plupart des dos des livres sont dans un alphabet différent. Je plisse les yeux et reconnais quelques lettres. Je crois qu'elles sont grecques.

C'est logique. Le fort accent étranger du Monstre, son

teint mat, ses cheveux noirs... tout concorde avec l'idée qu'il pourrait être grec.

Il y a quelques titres qui sont en anglais, cependant... Atlas Shrugged, The Count of Monte Cristo, A Clockwork Orange, Catcher in The Rye, Heart of Darkness, The Road, et The Prince. Je n'ai pas lu la plupart de ces livres, mais je sens qu'une tendance se dessine. Tous ces livres parlent de désespoir ou de folie. Beaucoup de mort.

J'ai un frisson, rien qu'en lisant les titres. Je repère un énorme recueil de Shakespeare sur l'étagère du Monstre, le livre a l'air d'avoir été beaucoup étudié. Voilà qui me fait réfléchir.

Donc, même les monstres lisent Shakespeare ? Intéressant.

J'entends un léger bruit quelque part en dehors de la chambre, comme un bruit de pas dans le long couloir. En un instant, je m'envole vers le panneau ouvert de la chambre du Monstre. Je prends bien soin de fermer la porte très discrètement, je me faufile dans le petit couloir dans une obscurité parfaite.

J'ai envie de passer un peu de temps à explorer le couloir et lire les documents qui se trouvent par terre, mais je n'ai pas le temps. Je me précipite dans le passage et sors de derrière la bibliothèque, la refermant avec un claquement.

Quelque part, les engrenages grincent à nouveau, mais cela ne m'inquiète pas. J'attends, le cœur battant. Le Monstre se précipite vers la porte ouverte, sans même me regarder. Il a l'air plus qu'un peu en colère, criant dans sa langue maternelle à un autre homme qui semble être le clone du Monstre.

Oh, merde. Il y en a deux comme ça dans le monde ? Mon sang se glace.

Pour une raison que j'ignore, le fait que le Monstre ait un

frère ou un cousin ne fait rien pour l'humaniser. Ça me fait juste frissonner jusqu'aux os. Le fait qu'il y ait d'autres personnes comme lui.

Mon souffle se fige dans la poitrine. Tout ce que je peux faire, c'est m'aplatir contre le mur et prier qu'ils ne me remarquent pas. Dès qu'ils quittent le couloir, je me glisse en silence hors de la bibliothèque et dans le couloir, me dirigeant vers la sécurité toute relative de ma chambre.

11

ARSEN

— Ça n'a pas d'importance ! je crie à mon frère, en entrant dans ma chambre. Les Carollas sont peut-être morts, mais leurs dealers de rue s'accrochent encore à l'idée qu'ils reviendront un jour. Et cette grosse affaire avec les Colombiens était censée se dérouler aujourd'hui, mais maintenant tout est foutu à cause de ces enculés.

Je dégage ma chemise noire en la faisant passer par-dessus ma tête. Je suis furieux. Je suis frustré au plus haut point, refusant même de croire que la ville de la Nouvelle-Orléans se donnerait la peine de faire le deuil des Carollas. D'après ce que j'ai entendu, ils traitaient tout le monde autour d'eux comme de la merde.

Alors, pourquoi leurs revendeurs devraient-ils ressentir une quelconque loyauté à leur égard ? Surtout quand je suis arrivé après la disparition des Carollas et que j'ai agité de grosses liasses de billets ?

L'argent est tout ce qui compte pour les gens. Plus vite la ville de la Nouvelle-Orléans comprendra cette leçon, mieux ce sera. En attendant, je dois aller à des réunions avec des cartels et surveiller les autres chefs de la mafia qui commencent à reluquer la ville que je viens de nettoyer.

Cette ville est à moi. Et je ferai tout ce qu'il faut pour qu'elle me mange dans la main, même si cela signifie la priver de drogue et de filles fraîches.

Je me fais craquer les doigts, j'en ai plus que marre. Damen me regarde, l'air blasé.

— T'as fini ta crise de nerfs ? demande-t-il.

Je lève les yeux au ciel.

— Cette petite démonstration de bravoure nous coûte un million de dollars par jour. Pas seulement à moi, à *nous*. Tu ferais mieux de t'en soucier davantage.

Je me dirige vers le placard pour choisir une nouvelle chemise. Damen ne dit rien, ce qui est normal. Tous les trois, nous avons depuis longtemps appris à fermer notre gueule quand quelqu'un d'autre est en colère. Vous seriez surpris de voir ce qu'un homme peut vous dire sur lui-même dans un moment de colère.

Je me retourne, remarquant soudain que la photo sur ma table de nuit a été déplacée. Le cadre argenté capte la lumière du soleil dans cette direction, là où elle ne le fait pas normalement. Je me dirige vers ma table de chevet, la fureur s'accumule en moi comme un baril de poudre, prête à exploser.

L'un des plus grands talents que j'ai appris au cours de la dernière décennie a été de ne pas attendre à ce que les feux d'artifice se déclenchent. Il s'agit plutôt de choisir quand ils vont exploser, et qui sera témoin de ma colère explosive.

Je redresse le cadre avec deux doigts. Je veux fulminer et déblatérer sur les bonnes, punir celle qu'elles montreront du doigt quand j'exigerai de savoir qui a nettoyé ma chambre. Mais je ne le ferai pas.

Non, pas quand j'ai une autre victime à portée de main.

Une petite blonde qui attend, le souffle court, le début de ma punition.

Fiore, ma petite fleur. Elle me hante, perturbe mon sommeil. Ou peut-être que c'est le domaine d'Anna ; il est difficile de les distinguer, difficile de distinguer ce que je pourrais projeter sur Fiore et ce qui est vraiment juste sa personnalité.

Je regarde Damen, sachant qu'il n'approuverait pas la façon dont j'ai acquis Fiore. Non pas qu'il ait une conscience. Il n'aimerait tout simplement pas le fait que j'aie dû faire appel à tellement de personnes pour obtenir Fiore. Il n'approuverait pas la façon dont j'ai rendu publique ma quête pour l'obtenir, la manière dont j'ai mis à nu mon désir de la posséder.

— Tu devrais y aller. J'ai des choses à faire, dis-je, en m'arrêtant là.

Il fronce les sourcils en me regardant fixement pendant quelques secondes.

— Qu'est-ce que tu mijotes ?

J'agite la main avec condescendance.

— Plein de choses. Ne t'inquiète pas, je peux me débrouiller. Je te dirai ce que je décide de faire pour le marché colombien.

Il secoue un peu la tête, puis se retourne et sort de ma chambre. Je me tourne vers la porte, et appuie sur un petit bouton sur le mur. Quelques secondes plus tard, une petite voix me répond.

— Oui, Senior Aetós ? me demande une femme.

J'appuie à nouveau sur le bouton :

— Assurez-vous que mon frère sorte bien de la maison. Et je vais être occupé en haut. Je ne veux pas être dérangé. Assurez-vous que personne ne se trouve à cet étage.

Je relâche le bouton. J'entends la réponse :

— Oui, Senior Aetós.

Mais je ne l'écoute plus.

Non, mon esprit a dévié vers Fiore. Je me demande ce qu'elle fait en ce moment, et si elle est prête ou non à affronter l'agonie que je vais lui infliger.

Je fouille au fond de mon placard dans différentes boîtes d'accessoires, jusqu'à ce que je trouve une cravache. Je la teste contre ma main, en la pliant un peu, en souriant légèrement quand la cravache rebondit.

Puis je marque une pause, en faisant glisser toute la boîte hors du placard. Je me tiens au-dessus d'elle, et la contemple. J'ai des fouets et des harnais, des godes et différentes sortes de bâillons. Je fais le tri parmi les harnais, en choisissant celui qui est fait pour s'adapter aux hanches. Puis je prends le vibro à baguette magique qui peut être fixé à l'entrejambe de la personne qui le porte, en souriant à moi-même.

Elle n'a aucune idée de ce dont je suis capable, et elle ne sait pas non plus ce que son propre corps fera lorsque je la forcerai à endurer le vibro, encore et encore.

Je sors de ma chambre, je descends le long du couloir vers les quartiers de Fiore. Le son de mes bottes noires qui résonnent sur les planchers de bois sombre est excitant, leur son est dur et impitoyable ; presque tout m'excite cependant en ce moment.

Je ne l'ai pas vue depuis quelques jours, mais j'ai vraiment pensé à elle. J'ai pensé à sa taille, à sa blondeur et au fait qu'elle soit si menue. Je pourrais facilement l'étrangler à mains nues si j'en avais envie.

Elle doit avoir conscience de ça, chaque fois que je suis dans la pièce avec elle.

J'ai pensé à combien elle était magnifique juste avant que je ne lui jouisse sur la poitrine. À la façon dont cette petite pointe de dégoût a pris le dessus sur ses traits pendant le moment le plus fugace.

Et surtout, j'ai fantasmé sur le fait qu'il était temps de commencer à la souiller. De découvrir quels sont ses désirs. De corrompre ses tendres sentiments, de la rendre désireuse de la seule sorte d'affection qu'elle ne recevra jamais de moi.

Je suis tellement plongé dans le noir, complètement détruit par une vie de violence, de peur et de saleté. En présence de cette innocente et douce princesse, je lui ferai la seule chose que je sache faire.

Je déchiquetterai son innocence, je la briserai, je la détruirai, pour toujours.

Tout comme je l'ai fait avec Anna, même si je ne savais pas que je le faisais à l'époque. Au moins avec Anna, il était plus qu'évident qu'elle aspirait à la mort. J'ai vu les traces sur ses bras, j'ai vu dans ses yeux qu'elle avait envie de mourir.

Ce n'est pas le cas avec Fiore, ou du moins pas encore. Mais elle va danser avec la mort. Elle connaîtra son nom et lui fera signe comme un amant. Et puis, quand elle me suppliera enfin de la libérer, je la tuerai. Je transformerai mon étreinte protectrice en une lente strangulation.

Oui. C'est tordu, mais c'est cette pensée me fait bander.

J'arrive à sa porte et la trouve sur son lit, elle me regarde avec des yeux bleus étincelants. Elle s'attendait à ce que je vienne la retrouver, pour une raison qui m'échappe. Ce constat me satisfait, bien que ce sera encore mieux quand elle m'attendra avec un sourire.

Pour l'instant, son expression exprime la peur. Je vois son regard se porter sur les objets que je tiens dans les mains. Son sourcil se soulève délicatement alors qu'elle essaie de comprendre ce que je lui réserve.

Je m'avance vers elle, en me penchant sur son petit

corps. Je peux voir dans ses yeux qu'elle veut fuir, mais elle ne le fait pas. Elle a compris cela.

Elle redresse sa colonne vertébrale du mieux qu'elle peut, son expression est figée. Elle ne sait pas que son expression remplit ma poitrine d'une vigueur renouvelée. Je me penche, je laisse tomber la baguette magique et le harnais sur le lit devant elle.

—Je t'ai manqué, ma Fiore ?

Je lui pose la question, ma voix est un son grave. Je mets une main sur son épaule, en essayant de ne pas sourire quand elle bronche. Elle est si petite et délicate, sa peau blanche comme de la porcelaine contre ma main plus mate. Je caresse son épaule, en abaissant la main sur son sein.

— Non, dit-elle. Vous ne m'avez pas du tout manqué.

Je couvre sa poitrine de ma main, en moulant sa chair à ma main. Elle prend une respiration tremblante, arrête de fixer mon regard. Je pince son mamelon à travers le tissu de sa robe, le tordant jusqu'à ce qu'elle crie.

— Je pense qu'il est temps que je t'apprenne à être civilisée, je murmure. Cette fois, quand je te quitterai pour quelques jours, tu auras un souvenir de moi.

En posant une de mes mains sur ses cuisses chaudes, je la tire au bout du lit, pour qu'elle soit plus facile à atteindre. En prenant mon temps, je remonte le long de ses cuisses avec mes mains et je suis le contour de ses hanches. Un halètement audible sort de ses lèvres lorsque j'ouvre sa robe, déchirant le vêtement de sa clavicule jusqu'à ses cuisses.

Ses traits semblent se figer alors que j'explore son corps nu du bout des doigts, en caressant ses seins. Alors que je progresse le long de son corps, sur son ventre tendu, elle serre les cuisses. Un coin de ma bouche se soulève.

Si elle pense que serrer les cuisses m'empêchera d'obtenir ce que je veux, elle se trompe. Ses yeux s'élargissent lorsque je prends le harnais que j'ai apporté.

— À quoi ça sert ? demande-t-elle, la peur jaillissant dans ses yeux.

— Ce n'est rien de bien méchant, lui dis-je avec désinvolture. Mais si tu ne me laisses pas le mettre sur toi, tu seras sévèrement punie.

Elle avale sa salive et reste allongée sans bouger pendant que je glisse le harnais sur ses jambes et que je l'attache autour de ses hanches et de ses cuisses. Je prends le vibro baguette magique et le dirige vers elle.

— As-tu déjà utilisé un de ces trucs sur toi ?

Le ton de ma voix est presque doux lorsque je lui pose la question.

Un regard confus traverse les traits de Fiore.

— Utilisé pour quoi faire ?

Je gémis presque d'excitation, car il semble qu'elle n'en ait jamais vu un. En appuyant sur le bouton ON à la base, je le laisse ronronner sur le réglage le plus bas. Ses yeux deviennent encore plus grands quand je touche l'intérieur de sa cuisse avec la baguette, en appuyant assez fort pour faire une marque blanche.

— Je... je ne sais vraiment pas à quoi tout ça sert, dit-elle en se tortillant un peu.

— Ça ? dis-je, en lui écartant les jambes. Elle halète face au fait que j'envahis son intimité en lui ouvrant les jambes. Le vibrateur dans ma main se déplace vers le nid de boucles, taquinant sa peau partout sauf sur sa chatte. C'est pour que, quand je serai parti, tu penses à moi. Il va y avoir une légère souffrance entre tes jambes qui ne va pas disparaître de sitôt. Je veux que tu aies envie que quelqu'un touche ta jolie petite chatte. Je veux que tu t'imagines mon visage, mes mains, ou ma bite, en train de te donner ce dont tu as besoin.

Elle essaie de refermer ses cuisses, alors j'approche ma main de son cou et serre doucement. J'ai l'impression que ma main est faite pour se loger là, nichée contre les fines lignes de son cou délicat. Cette sensation d'être fait pour lui correspondre me rend dur, me fait frotter ma bite contre sa hanche.

— Ne me résiste pas, je l'avertis, il y a comme une violence latente dans mes paroles. Je lui serre le cou pour souligner mes propos. Laisse-toi faire. Tout se passera beaucoup mieux pour toi si tu es une gentille fille.

Elle a l'air d'avoir peur, ce qui me fait bander encore plus. En lui relâchant le cou, je soulève lentement ses genoux, ce qui me permet de voir clairement sa jolie petite chatte. En utilisant deux doigts pour écarter les lèvres de sa chatte, je descends la baguette pour qu'elle fasse un bisou sur son clitoris.

Le premier contact de la baguette la fait se recroqueviller sur elle-même, comme une palourde qui ferme sa coquille. Elle émet un halètement presque inaudible.

— Ne fais pas ça, je la préviens en tendant la main pour prendre un de ses seins dans ma paume. En lui pinçant un peu le mamelon, je suis satisfait de la voir s'ouvrir à moi une fois de plus. Le vibrateur ronronne dans ma main, le son est régulier alors que je commence à faire de petits cercles très restreints.

Je pousse ma bite contre l'arrière de sa cuisse, le tissu entre elle et moi commence à me gêner. Quand je recule, et que le vibro quitte son clitoris, elle fait un drôle de bruit. Pas tout à fait un gémissement, mais quelque chose qui ressemble à un geignement.

— Tu commences à aimer ce que je te fais, Fiore ? je demande, en utilisant le harnais pour maintenir le vibrateur en place contre sa chair.

Elle se mord la lèvre, résistant à toute émotion qu'elle ne veut pas montrer. Elle ferme les yeux un instant, mais elle ne peut pas cacher le rougissement qui a commencé au niveau de ses joues ou la façon dont sa poitrine monte et descend un peu plus vite.

Cette fois-ci, lorsque je m'éloigne, le vibrateur continue son travail sans moi. Je défais la fermeture éclair de mon pantalon, je sors ma bite, je l'empoigne. Elle est dure et longue, couverte de veines. Je jette un coup d'œil à Fiore et lui donne une claque sur le cul avec ma main libre.

Elle laisse ses yeux papillonner. Son expression en me voyant me tenir au-dessus d'elle avec la main sur ma bite toute dure... si je pouvais écrire des poèmes à ce sujet, je le ferais. Elle est surprise et pourtant, excitée. Je peux l'affirmer d'un seul regard.

Je tends la main et presse le vibrateur sur son clitoris un peu plus fort, en caressant ma bite avec ma main libre. La voir ainsi, ligotée et vulnérable... surtout après les quelques jours difficiles que j'ai passés à négocier à la Nouvelle-Orléans...

Je suis plus qu'excité de voir ma petite femme, toute prête pour moi. Elle a l'air si sexy comme ça, bien attachée et prête à recevoir tout ce que j'ai à lui donner. En gros, je peux finir où je veux, je dois juste décider du lieu où ça se passe.

En montant sur le lit, je la retourne pour qu'elle soit sur les coudes et les genoux, le cul en l'air. Je ne peux pas voir son visage de cette façon, mais je peux entendre le bruit qu'elle fait en respirant. En la regardant comme ça, son cul parfait si bien exposé, sa chatte titillée par le vibromasseur...

Je laisse échapper un gémissement en caressant ma bite et je pense à quel point je veux que sa chatte touche ma bite, pour me traire. Ou sa bouche, ses lèvres roses suçant ma bite jusqu'à la vider.

Elle tremble devant moi, juste au bord de l'orgasme. Je m'approche d'elle, le bout de ma bite lui touche le cul. Elle gémit tandis que tout son corps se contracte.

— Tu vas jouir, n'est-ce pas ? je lui murmure, en martelant mon poing sur ma queue. Tu es une très, très vilaine fille. Mon Dieu, tu vas me faire jouir aussi.

Elle reste immobile pendant une seconde comme si elle avait le choix. Puis elle commence à crier :

— Oh... oh... oh mon Dieu... oh...

Aussi vite que cela, je perds le contrôle de moi-même, en faisant gicler ma semence sur son cul. Je me presse contre son cul à plusieurs reprises, en m'assurant que chaque goutte est bien sortie de ma bite.

Immédiatement dégoûté par moi-même et par mon manque de maîtrise de soi, je me redresse et descends du lit. Je rentre ma bite dans mon pantalon, en admirant les traces de sperme que j'ai laissées sur son cul. S'il était possible de tatouer ça sur son cul de façon permanente, je le ferais.

Je pousse le bouton de la baguette magique pour l'éteindre, puis je me retourne et m'en vais. Elle peut trouver quoi faire avec la baguette et le harnais. J'ai des choses plus importantes à faire.

12

ARSEN

Il y a quelque chose qui me tracasse, une sensation désagréable au fond de mon esprit qui ne veut pas disparaître. Je sais que c'est lié à Fiore. C'est sûr.

Si je suis honnête avec moi-même, ce que je suis normalement, je passe beaucoup trop de temps et d'énergie à me concentrer sur elle quand je suis ici. C'est un peu écœurant de voir à quel point il est plus facile d'être obsédé par sa sexualité naissante que de s'inquiéter des problèmes que j'ai à la Nouvelle-Orléans.

Il y a tout un empire qui m'attend là-bas, avec tous les défis et le stress de toute république en expansion. Mais ici ?

Ici, il n'y a qu'*elle*. Il est beaucoup plus simple de se demander si je peux lui faire apprécier le mélange de plaisir et de douleur que je ressens. Ou peut-être, vu son manque d'expérience, pensera-t-elle que tout ce que je fais est normal. Que ce que j'aime est normal.

Merde, peut-être que je peux la formater pour qu'elle ait besoin de douleur pour jouir. Cela me donnerait la sensation la plus suprême, le fait de savoir que j'ai fait quelque chose d'éternel. Je pourrais créer le parfait petit jouet sexuel, prêt à être dominé par moi et excité de l'être.

Voilà une idée intéressante.

Ce n'est pas non plus comme si elle disparaissait vraiment. Je l'ai emprisonnée ici indéfiniment, à m'attendre. Même maintenant, je sens sa présence dans le couloir en face de ma chambre. Alors que je me tiens là, en déverrouillant la porte de mon bureau personnel, je suis certain que j'ai un public.

— Fiore ! je l'appelle, en tournant la poignée de porte. Je sais que tu es là. Tu peux sortir.

Sa tête blonde jaillit du mur de papier bleu luisant, où le couloir tourne. Je vois ses yeux bleus curieux, je vois le tourbillon d'émotions qui s'y trouve.

Elle est prudente, réservée, curieuse. A soif de l'apport du monde extérieur.

En ouvrant la porte d'un geste ample, je l'invite à voir ce qu'elle veut voir si clairement. Mon bureau, où je dirige la plupart de mes affaires quand je suis ici.

Un énorme bureau en cèdre devant un mur de livres. Deux chaises à dossier droit font face au bureau. Dans le coin, un fauteuil confortable en cuir surplombe la cour du manoir.

Je regarde Fiore, qui avance lentement dans le couloir. Je lui ai enlevé ses chaussures et son choix de vêtements. Je lui ai fait teindre les cheveux pour enlever le blond éclatant. Je lui ai fait des choses sales, je l'ai marquée avec des giclées de mon foutre.

Et pourtant, elle semble au-dessus de tout ça. Sa posture est encore frêle et nerveuse, comme si elle s'attendait à une explosion de violence à tout moment.

Mais il y a quelque chose dans la façon dont elle se tient.

Une élégance dans la manière dont elle tient sa tête si haute. Quelque chose que je ne voyais pas clairement avant.

— Allez, viens lui dis-je en indiquant la porte avec ma tête. Tu sais que tu as envie de regarder.

En entrant dans mon espace de travail, je me dirige vers mon bureau, je m'assois dans mon fauteuil à roulettes noir confortable. Fiore apparaît dans l'embrasure de la porte, hésitante. Je peux sentir ses yeux sur ma collection de livres sur le mur derrière moi.

J'ouvre mon ordinateur portable sur mon bureau, passe au crible une poignée d'emails pendant qu'elle décide si elle va entrer dans la pièce ou non. Lorsqu'elle le fait, en entrant sur la pointe des pieds et en s'arrêtant devant une des chaises en bois à dossier rigide, elle a l'air d'un cerf prêt à prendre la fuite.

Je lui accorde un regard :

— Qu'est-ce que tu veux, Fiore ?

Elle rougit, en mettant une mèche de cheveux derrière son oreille. Ses yeux sont collés aux livres derrière ma tête. Je dois essayer de ne pas prendre personnellement le fait qu'elle ne veuille pas être dans la pièce avec moi. Ce sont les livres qu'elle convoite.

Elle ne dit rien, elle les regarde simplement, en se mordillant les lèvres nerveusement.

— Assieds-toi, lui dis-je, en pointant la chaise du doigt.

Elle me regarde, ses yeux bleus se fixent sur mon visage, et j'entends presque son pouls s'accélérer. Elle glisse son corps vers l'avant de la chaise, semblant presque ne pas vouloir prendre le risque de s'asseoir ici avec moi.

C'est assez satisfaisant de savoir que la méthode que j'ai utilisée sur elle — la dépouiller de son identité, puis lui donner une nouvelle image en alternant entre la titiller et jouer au gentil — fonctionne.

Elle avale sa salive, et ses yeux sont à nouveau attirés vers les livres. En me balançant dans mon fauteuil, je la contemple. Ça ne représenterait rien pour moi de lui donner un livre... mais je veux quelque chose en retour.

Cependant, qu'est-ce que je peux lui demander en échange ?

Le fait que je n'ai pas encore effacé son ancienne vie de son esprit me pèse. Tant qu'elle pensera qu'il y a une chance que quelqu'un puisse la sauver, la vie ne sera pas complètement paisible pour moi. Il faut qu'elle y renonce complètement.

— Tu veux un livre à lire ? dis-je, en faisant un geste derrière moi.

Ses yeux s'élargissent pendant une seconde, puis elle avale à nouveau et acquiesce.

— Oui.

Je penche la tête sur le côté, en réfléchissant.

— Tu n'as pas été choisi au hasard pour être mon jouet. Il y a une raison, qui a tout à voir avec les hommes qui faisaient partie de ta famille. Tu as conscience de ça, n'est-ce pas ?

Un regard perplexe apparaît sur son visage, son front se plissant juste un peu.

— Je sais que... je veux dire que je *suppose* que vous êtes un rival de mon père.

C'est plus exact qu'elle ne le croit. Mais je ne pense pas qu'elle sache que son père est mort. Il me faut quelques secondes pour m'assurer que mes prochains mots sont bien réfléchis.

— C'est exact. Ce que je ne crois pas que tu comprennes, c'est à quel point ta famille était vile et corrompue. Je pense qu'ils t'ont protégée de beaucoup de choses. Je m'arrête, une pensée me vient à l'esprit. Évidemment, pas trop quand même, puisqu'ils ont fini par te vendre.

Elle pâlit et réagit comme si elle venait d'être frappée, et se mordille la lèvre. Elle ne dit rien, mais son expression devient plus intense.

— Je veux juste être sûr que tu comprends bien une chose, Fiore. Je veux que tu réalises que tu es morte pour eux. Ils ne viendront pas te sauver. Et tu ne devrais pas vouloir qu'ils le fassent, honnêtement. Malgré tous mes défauts, je pense t'avoir sauvée d'eux.

Un air renfrogné lui envahit immédiatement le visage. Lorsqu'elle parle, son ton est brusque, comme si elle postillonnait.

— Vous n'êtes pas mon sauveur.

Mes sourcils se soulèvent.

— Non ? Tu ne crois pas ?

— Je sais de quoi il retourne, dit-elle, la mâchoire tendue.

— Je pense que tu as tort. Non seulement ça, mais j'ai une vidéo que tu devrais voir. Il est temps que tes œillères se détachent. Il est temps que tu voies ta famille pour ce qu'elle est vraiment.

Un regard perplexe traverse son visage :

— Vous avez une vidéo d'eux ?

— Oui. Et je vais te la montrer.

Elle prend un air soupçonneux :

— Et si je ne veux pas la voir ?

Je me retourne, je jette un regard sur le mur de livres.

— On va faire un marché. Un livre pour une minute de vidéo. C'est plus que juste, je pense.

Sa lèvre se recourbe un peu en signe de provocation :

— Comme si vous saviez ce qui est juste et ce qui ne l'est pas.

— Tu ne veux pas de livre, alors ? dis-je, en faisant semblant de me lever de ma chaise.

— Je n'ai pas dit ça, dit-elle rapidement.

— Parce que c'est un bon arrangement.

Elle comprime ses lèvres, réprimant tout ce qu'elle veut dire. Un léger sourire se dessine sur mes lèvres. Elle commence à comprendre.

— C'est une offre généreuse. Vas-y et choisis le livre que tu veux. Je fais un geste vers le mur derrière moi. Ou tu peux retourner mémoriser les carreaux du plafond ou tout ce que tu fais quand je ne suis pas là.

J'écope d'un regard furieux, mais elle ne proteste pas. Elle se lève juste, me regarde attentivement et se place de mon côté du bureau. Je passe les deux minutes suivantes à regarder son corps, ses longues jambes, ses seins fermes, ce putain de cul...

Son cul est incroyable. Sans défaut. Il est sans reproche. Tandis qu'elle se faufile près de ma chaise, essayant de choisir le meilleur livre possible, je tends négligemment la main et saisis ses belles fesses avec désinvolture.

— Hé ! elle couine, en me tapant sur la main.

— C'est à moi. Je le touche si je veux, je hausse les épaules, en ramenant ma main en arrière.

Elle s'éloigne, fuyant mon contact.

— *Le Comte de Monte-Cristo* ?

En me dirigeant vers mon étagère, je vois un exemplaire du roman.

— Si c'est ce que tu choisis, alors d'accord.

Fiore me regarde fixement, comme si cela allait m'empêcher de la peloter pendant qu'elle cherche le livre.

— Uh-uh, lui dis-je, en tendant la main et en l'attrapant par les hanches. Elle s'éloigne de mon contact, une protestation déjà sur ses lèvres. Nous étions d'accord. Tu dois d'abord regarder.

Me jetant un regard mauvais, elle se dépêche de faire le tour, puis elle hésite de l'autre côté du bureau.

— Très bien.

Je lui souris. Elle pense qu'elle joue un jeu, mais je suis le roi. C'est moi qui fais les règles. Je pourrais l'avoir tous les jours et toutes les nuits si je voulais la prendre de force. Penchée sur ce fichu bureau, si c'était ce qui me faisait bander.

Je me tourne vers mon ordinateur portable, je clique sur quelques boutons. Un écran de visualisation vidéo noir apparaît, et je détourne l'ordinateur de moi. J'ai déjà vu cette vidéo de Sal Carolla et de ses fils violant et tuant Anna suffisamment de fois.

L'heure est venue pour Fiore de comprendre à quel point sa propre famille était déviante et pervertie. Puis, quand je lui aurai laissé le temps de digérer tout ça, je lui dirai que j'ai tué ces salauds avant même de l'avoir achetée. Le jeu auquel je joue est lent mais il en vaut la peine.

Je coupe le volume et appuie sur lecture, en regardant la tête de Fiore. La vidéo montre les couilles de Sal au fond d'Anna, qui crie, implore, demande grâce. Les yeux de Fiore s'élargissent, et elle me regarde. Elle attend peut-être la confirmation que tout cela n'est qu'une blague.

Mais ce n'est pas une plaisanterie. Cette vidéo a été déposée à ma résidence de la Nouvelle-Orléans après la tête d'Anna, pour remuer le couteau dans la plaie. En fait, on peut dire que c'est cette vidéo qui m'a fait prendre la décision de tous les tuer.

Tous sauf ma Fiore. Elle, je l'ai gardée en vie, en attendant des moments comme celui-ci.

Des moments où je jure que je peux voir son cœur se

déchiqueter en mille morceaux. Son teint prend une teinte légèrement verte, et elle s'éloigne de l'ordinateur en titubant.

Elle me regarde, ses yeux bleus remplis d'horreur et de dégoût. Un seul mot lui échappe :

— Pourquoi ?

Mais avant que je puisse répondre, elle sort en courant de la pièce, essayant de s'éloigner le plus possible de ce qu'elle vient de voir. Mais les images sont maintenant dans son esprit. Tout comme elles sont dans le mien.

Gravées de façon permanente.

Je m'assois, je me mets les mains derrière la tête et je regarde par la fenêtre.

Maintenant, au moins, elle sait.

Je ne suis pas le seul homme dans sa vie capable de faire le mal.

13

KATHERINE

Il y a une rangée de larges marches en terre battue qui mènent de l'arrière-cour à l'avant du bâtiment. Cachées sur le côté du manoir, elles contournent la cuisine et la buanderie, personne n'y va vraiment. C'est un coin un peu pittoresque, avec des arbres regroupés au-dessus. Je peux même apercevoir les montagnes voisines d'ici, c'est donc un endroit parfait pour réfléchir.

Aujourd'hui, même Sin et les autres gardes du corps sont portés disparus, donc je suis seule sur les marches. Mes bras sont enroulés autour de mes genoux alors que je regarde fixement la lisière brumeuse des arbres, perdue dans mes propres pensées.

Aujourd'hui, j'ai surtout le mal du pays. Je sais que c'est ici que toute cette histoire merdique se déroule ces derniers temps, et que j'ai beaucoup de raisons de m'inquiéter. Parmi elles, il y a le Monstre lui-même. Il semble perturbé ces derniers temps.

J'ai bien peur que ça ne m'apporte rien de bon. Mais au-delà des humeurs du Monstre, au-delà du fait d'avoir été kidnappée et amenée ici contre mon gré, il y a plus. Il y a une tristesse qui s'est infiltrée au plus profond de mes os. La Nouvelle-Orléans me manque terriblement.

Je pense à mes frères quand ils étaient jeunes et encore mignons. Quand j'étais petite et que j'étais scolarisée à la maison ; on me disait que c'était pour ma protection. Alors, j'attendais à la porte que mes frères rentrent à la maison, impatiente d'avoir des nouvelles du monde extérieur.

Mes frères s'entassaient à la porte, vêtus de leurs uniformes rouges et gris de l'école primaire, et chacun d'eux me touchait la tête et ajoutait :.

— Hey, Kat.

Habituellement, si j'étais sage, Tony m'apportait même un caramel et me racontait sa journée. C'est comme ça que j'ai grandi, à travers les bonbons et les histoires de Tony. Quand maman est morte, Tony m'a apporté un paquet de ces bonbons et une boîte pleine de livres.

Shakespeare, Harper Lee, F. Scott Fitzgerald, Ray Bradbury... ils étaient tous enfermés dans cette boîte. Tony ne le savait pas, mais cette boîte de livres a lancé mon histoire d'amour avec la littérature. C'est ainsi que je suis sortie de chez moi pour explorer les jungles les plus profondes et parcourir des banquises accidentées.

En pensant à cela aujourd'hui, aux livres et à mon Tony que j'aimais tant, mes yeux se remplissent de larmes. Je pose la tête sur mes genoux et ferme les yeux.

Le besoin de sangloter est étrangement absent. C'est peut-être dû au fait que la dernière fois que j'ai vu Tony, il me remettait littéralement aux mains de ravisseurs.

Et puis il y a mon père. L'homme que j'étais censée aimer toute ma vie. L'homme qui était censé me protéger, quoi qu'il arrive. Il m'a trahie, vendue, et m'a piégée *ici*.

Sans oublier que j'ai vu cette vidéo de lui... *blessant* cette fille. Comment peut-on espérer que j'oublie ou pardonne quelque chose comme ça ?

Je ne peux pas. Je ne le ferai pas. Tout ce que je peux faire, c'est m'endurcir contre les faits maintenant.

Peut-être que c'est à cause de la distance qui me sépare de la Nouvelle-Orléans, pleine de problèmes qui sont incroyablement petits par rapport à ce que je dois affronter maintenant.

Quoi qu'il en soit, je reste assise là pendant longtemps. Je laisse couler mes larmes sans rien faire pour l'instant, sans savoir ou sans me soucier si elles étaient pour ma famille ou pour moi. La brise souffle doucement, et me remue les cheveux. Le vent change. J'ai l'impression que je devrais ouvrir les yeux. Quand je le fais, je suis surprise de trouver quelqu'un assis à moins de cinquante centimètres de moi. Comment est-il arrivé là si vite et si silencieusement ?

Et ce n'est pas n'importe qui non plus. Il ne fait aucun doute que c'est le frère du Monstre, qui me regarde attentivement avec ces yeux gris inquiétants. Comme le Monstre, il mesure plus d'un mètre quatre-vingts et il est tout en muscles. Mon regard est attiré par ses mains, puissantes et expertes.

Il les remue inconsciemment, et je commence à me demander combien de femmes comme moi il a blessées rien qu'avec ses mains. Ces mains sont une sorte de danger magnifique. Je suis convaincue de cela.

Mais il y a quelque chose en lui... quelque chose dans ses yeux, un peu comme chez un prédateur qui flaire sa proie peut-être. Ça me met tout de suite mal à l'aise. Je me retourne vers lui, et ma respiration devient irrégulière.

Il sourit de manière enjouée, ce qui me donne des frissons sur tout le corps.

— Tu es plus jolie que je ne l'aurais cru, Katherine. Mon frère n'apprécie pas cela chez toi.

Je voudrais lui demander pourquoi il utilise mon vrai nom alors que je ne me fais appeler que Fiore par le Monstre depuis deux semaines. Je veux lui dire de prendre ses compliments et de les mettre dans un endroit désagréable.

Mais je ne le fais pas. Au lieu de cela, je me contente de laisser échapper la première chose qui me vient à l'esprit.

— Qui êtes-vous ? Êtes-vous... *son* frère ?

Il hoche lentement la tête.

— Oui. Je suis Damen. Je suis juste ici pendant que mon frère s'occupe de quelques affaires. Je voulais vérifier son investissement, voir comment tu t'en sortais sous sa tutelle.

Pourquoi chaque mot qu'il prononce me remplit-il d'un sentiment de crainte ?

— Que voulez-vous ?

J'exige de savoir.

Il prend un air patient. Il me regarde comme un chat regarde une souris, en s'ennuyant, mais en se disant qu'il pourrait tout aussi bien s'entraîner un peu en me poursuivant.

— Je veux beaucoup de choses, dit-il, en tendant la main et en effleurant la peau au-dessus de mon genou du bout de des doigts.

Je recule et me déplace loin de lui.

— Ne me touchez pas, je le préviens. Je vais appeler les gardes.

Il rit.

— J'aime bien que tu crois qu'il y a des gardes ici pour ta protection. Tu réalises que ces hommes sont là pour t'empêcher de t'échapper, n'est-ce pas ?

Je lève le menton :

— Je ne pense pas qu'ils aimeront que vous me touchiez.

Il lève un sourcil, il est d'une suffisance exaspérante.

— Ça n'a pas vraiment d'importance, car je les ai envoyés faire une course en dehors de l'enceinte. Tu vois, je pense que toi et moi devrions passer un peu de temps ensemble pour faire connaissance. Il se penche vers moi, saisissant mon genou si fort que ça me fait mal. Mon frère a passé du bon temps avec toi. Maintenant, c'est mon tour.

— Arrêtez, je le préviens, en reculant. Je n'ai rien fait avec qui que ce soit , et je ne veux pas que vous me touchiez.

Il se met debout.

— Tu crois que ça m'importe ? Ça me donne seulement envie de te faire souffrir, petite salope stupide.

Mon cœur se met à battre incroyablement vite. Il faut que je *file d'ici.*

Pendant une seconde, j'essaie de mesurer la distance qui nous sépare du bas des escaliers, de trouver comment je peux exploiter les angles à mon avantage. Je prends une seconde de trop pour décider que je vais descendre les escaliers, et il se dirige déjà vers moi quand je commence à tourner.

Je réussie seulement à faire quelques pas quand il m'attrape par l'arrière de ma robe, déchirant un peu le tissu. Je crie alors qu'il m'attrape par le bras et me fait pivoter. Je perds l'équilibre et tombe en arrière. Il ne m'arrête pas, mais s'élance vers l'avant pour que nous atterrissions tous les deux dans la terre battue qui borde les marches.

Je heurte le sol brutalement, et il atterrit sur moi. Mes jambes sont écartées, et l'amortissent, soutenant son corps imposant. Pendant une seconde, je suis immobilisée par le fait que je me suis cognée la tête sur le sol. Je cligne des yeux devant Damen, ma bouche s'ouvre un peu, je suis abasourdie.

Son poids sur mon corps est incontestable, mais c'est tellement surréaliste pour moi d'être allongée ici sur le sol, sous un homme que je ne connais pas.

Damen ne perd pas de temps. Alors que je suis immobile, il est déjà en train de remonter ma robe sur mes jambes et de défaire son pantalon. J'aperçois son pénis, long, épais et couvert de veines.

Ce n'est qu'alors que la réalité recommence pour moi, et je commence à crier et à me débattre.

— Non ! Non, ne me touchez pas !

Je crie, mes mains lui griffent le visage.

Il rit, tout bas, d'un rire sinistre, et me saisit par les cheveux.

— Tu parles trop.

— Non !

Je crie encore, mais c'est étouffé par sa bouche sur la mienne, sa langue envahissant ma bouche.

Je peux sentir son pénis rigide appuyé contre ma cuisse, suintant une sorte de liquide collant. Il donne des coups de reins violents sur mes cuisses et me colle sa langue dans la bouche. Je suffoque et j'ai le souffle coupé alors que je continue à me battre contre lui. Même si la voix à l'arrière de ma tête me dit que ça ne sert à rien, que quelqu'un d'aussi grand que lui gagnera à chaque fois, je lutte toujours.

— Non !

Je pleure quand il essaie de m'ouvrir les cuisses. Il se bat avec moi, me tire les cheveux. Je crie de douleur.

— Tu penses que tu es trop bien pour ma bite, hein ? On verra bien qui gagne, grogne-t-il. Tu prendras tout ce que j'ai à te donner, et tu me remercieras ensuite. C'est ce que font les gentilles filles.

Il glisse sa main libre entre mes jambes et met trois de ses doigts froids dans mon vagin, ce qui me fait à nouveau pleurer. À cause de la franche brutalité, du caractère soudain et du choc que je ressens. Il enfonce ses doigts tels des ciseaux dans ma chair la plus sensible, ce qui me fait penser qu'il va me déchirer d'une manière ou d'une autre.

Un bruit de choc étouffé sort de ma gorge alors qu'il se penche en avant et me pousse à nouveau sa langue dans la bouche. Je mords sa langue aussi fort que possible, ce qui semble le surprendre. Il recule et me frappe ensuite sur le côté de la tête. Tout devient flou. Je sens une vague blanche d'agonie partant du milieu de ma tête, puis recouvrir mon crâne et même descendre jusqu'à mes épaules.

J'entends une voix au loin, qui appelle. Un homme...

Non, pas n'importe quelle voix.

La voix du Monstre.

Il crie sur Damen dans leur langue maternelle, il m'arrache à Damen. Damen rétorque, furieux. Le monstre pousse Damen et se met en face de lui, mais je me moque de leur dispute. Mon esprit est trop occupé à faire tourner ses rouages, à essayer de reconstituer ce qui vient de m'arriver.

Je me recroqueville en boule, en rassemblant les morceaux de ma robe en lambeaux. Un sanglot m'échappe alors que j'essaie de protéger au mieux ma tête et mon corps violé.

— Putain de salope, crie Damen, en crachant dans ma direction. J'espère que tu auras bientôt besoin de mon aide, mon frère. J'ai hâte de te rejeter comme tu viens de me rejeter.

— Je l'ai amenée ici. C'est moi qui la prends en premier, dit le Monstre, furieux.

J'ai le sang qui se glace à l'idée que le Monstre me sauve seulement afin d'être le premier à me faire la même chose.

Damen ricane, me crache dessus, puis s'en va. Le

Monstre me regarde par terre, sa poitrine se soulève. Je frissonne et referme mes bras autour de mes jambes, en fermant les yeux très fort.

Je m'attends à ce que le Monstre me laisse là, à ce qu'il parte en furie. Mais il n'en est rien. Au lieu de cela, il me prend dans ses bras.

Il ne dit pas un mot. Il se dirige vers l'intérieur de la maison, son expression est une sorte de grimace où se lit sa détermination. Je me laisse aller et m'appuie un peu sur lui, je me mets à pleurer contre sa chemise amidonnée.

Il me porte dans les escaliers comme si de rien n'était. Comme si je ne pesais rien du tout. Il me met sur mon lit, en retirant gentiment les lambeaux de ma robe. Je ne résiste pas. Je ne fais rien d'autre que de rester assise ici, en sentant un océan d'engourdissement monter et tourbillonner en moi.

Le Monstre disparaît une seconde dans ma salle de bain, et revient avec un gant de toilette humide. Alors qu'il le passe sur mes jambes et mon ventre, je ferme les yeux. Pour l'instant, c'est ce qui se rapproche le plus d'une caresse.

Même si c'est le Monstre, je prendrai toutes les petites miettes qu'il est prêt à m'offrir. À cet instant, juste à cet instant. Je vais à l'approche de son contact, les larmes ruissellent lentement sur mon visage.

Lorsqu'il est convaincu que je suis propre, il me fait enfiler une robe, en la passant au-dessus de ma tête. Je m'allonge en soupirant, essuyant mes larmes.

— Cela ne se reproduira plus jamais, dit-il doucement, en détournant les yeux. Il est toujours en colère, mais je ne pense pas en être la cause. Puis il me fixe du regard, ses yeux gris scrutant mon visage. Tu es pour moi, tu comprends ? Ma propriété. Personne n'est assez stupide pour faire du mal à quelque chose qui m'appartient.

Je reste allongée, désensibilisée vis-à-vis de tout.

Qu'est-ce que ça peut bien faire ?

Qu'est-ce qui importe vraiment ?

En fermant les yeux, je me coupe du reste du monde.

Il continue à me parler, mais je serre les yeux et essaie de me détacher davantage.

Va-t'en.

Dégage de là !

Finalement, il le fait. Je m'endors enfin, et quand je me réveille, il y a une couette au bout de mon lit. Je la repousse du pied, je ne suis pas d'humeur à recevoir des excuses, peu importe de qui elles viennent.

14

KATHERINE

Cette fois-ci, le Monstre est parti pour une semaine ou plus. Je ne peux pas dire qu'il me manque. Je suis encore sous le choc de la vidéo qu'il m'a forcée à regarder.

Une fille bâillonnée avec les yeux bandés, brutalement violée par mon propre père. En plus, j'ai reconnu la fille. C'était celle de la photo à côté du lit du Monstre.

Plusieurs pièces se sont mis en place pour moi à ce moment, mais cela a surtout mis en évidence ce que je ne savais pas encore.

Qui était la fille ?

Comment était-elle connectée au Monstre ?

Et surtout, comment peut-on faire ce que mon père a fait à cette fille ? C'est le traitement le plus ignoble que je puisse imaginer à l'égard d'un autre être humain.

Je ne voulais pas être au courant de tout cela. Donc, je suis furieuse contre toute ma famille parce qu'ils sont de la racaille, mais je suis aussi en colère contre le Monstre parce qu'il m'a fait prendre conscience de tout cela.

Dans ce cas précis, je pense que j'aurais préféré ne pas

savoir. Maintenant, même si j'avais rêvé d'être secourue par ma famille dans une sorte de scénario de parfait, je ne sais pas si j'irais avec eux. Ou plutôt, je les laisserais m'emmener hors d'ici, et je m'enfuirais ensuite rapidement de chez eux.

Et le livre pour lequel j'ai échangé mon manque de connaissances ? Il est à côté de moi, dans mon lit. J'ai passé environ trois heures à essayer de ne pas le lire. Puis j'ai craqué...

Et je suis assez contente de l'avoir fait.

Quoi qu'il se passe d'autre, rien ne vaut l'évasion traditionnelle que procure la lecture d'un bon livre. Cela fait de nombreuses années que je n'ai pas lu *Le Comte de Monte-Cristo*, mais je suis immédiatement absorbée. Il est difficile de ne pas tout lire d'un seul trait, mais je me force à lire lentement. Je considère les mots de chaque page pendant un bon moment avant de passer à la suivante.

Quand le Monstre rentre enfin, je l'apprends de suite. Tout le monde dans la maison est au courant. Il annonce sa présence en donnant des ordres aux bonnes et en criant des instructions à l'un des gardes du corps.

Je flotte sur les bords de son activité endiablée, j'observe une femme de chambre s'enfuir de son bureau privé, les larmes aux yeux. Il hurle ses ordres dans une autre langue et s'attend à ce que le personnel de maison obéisse sans broncher.

Ce n'est pas particulièrement joli à voir, mais c'est assez amusant. Même Sin se fait engueuler, réprimander pour une chose mineure. Mes lèvres esquissent un sourire lorsque je vois Sin quitter le bureau du Monstre avec une expression menaçante sur le visage.

Même si je ne veux pas attirer l'attention, je sais que ce n'est qu'une question de temps avant que le Monstre ne se souvienne de ma présence ici. Il passe la majeure partie de sa journée à engueuler des gens au téléphone, mais je ne pense pas que cela va durer.

En retournant dans ma chambre, je garde la tête baissée et ne fais pas de vagues. Si je reste suffisamment calme, je vais peut-être traverser cette tempête sans problème.

Mais quand ma vie s'est-elle jamais déroulée ainsi ?

Il est tard quand le Monstre apparaît sur le pas de ma porte, en retroussant ses manches. Il a un air sévère qui n'augure rien de bon pour moi. Je m'assieds, j'avale la boule qui se forme dans ma gorge, je remonte mes jambes et enlace mes genoux.

Lorsque mes yeux entrent en contact avec les siens, je sens un courant continu qui circule entre nous. C'est un fil sous tension, dépourvu de toute protection. Le Monstre me regarde sans passion quand il entre dans ma chambre.

— Déshabille-toi, ordonne-t-il, d'une voix rauque.

Causer des tensions quand je sais déjà que le Monstre est de mauvaise humeur n'est pas une de mes priorités, mais que suis-je censée faire ? Je le salue nerveusement, en posant mes jambes sur le sol, la main tremblante en l'air.

— Monstre, je sais que vous êtes contrarié... mais il me coupe la parole.

Son expression se durcit.

— Tais-toi. Ce que tu as à dire ne m'intéresse pas. Je suis intéressé par ton corps, et par la façon dont tu vas l'utiliser pour me faire jouir.

Il détache sa ceinture, ce qui me fait écarquiller les yeux. Il ne va quand même pas me fouetter avec sa ceinture. Je n'ai rien fait de mal !

À moins qu'il n'ait découvert le passage secret.

Un frisson me secoue tout le corps.

Mais il ne semble pas inquiet. Il jette sa ceinture par terre et commence à déboutonner sa chemise. Je sens le contact électrique de ses yeux qui me transperce. Il se plaint du fait que j'ai l'air paralysée et que je le regarde fixement.

— Tu as jusqu'à ce que j'aie enlevé cette chemise pour te mettre à poil. Ne m'oblige pas à te le répéter.

Et voilà. C'est ce moment que je redoutais, quand il décide enfin qu'il en a assez de jouer. Il va me prendre, mettre sa bite géante dans mon petit corps, et il ne va même pas me chauffer d'abord.

Une sueur froide se répand sur mon corps alors que je soulève ma robe au-dessus de ma tête avec des mains tremblantes. Il me regarde, son regard gris calculateur alors qu'il s'approche du lit. Rougissant jusqu'au racines de mes cheveux, j'essaie de me couvrir avec mes mains.

Je me sens plus nue que jamais en me tenant ici.

Suis-je assez grande ?

Suis-je trop maigre pour exciter quelqu'un ?

Mes seins sont-ils assez gros ?

Mon cul est-il trop gros ?

Alors que je doute de moi-même, il enlève sa chemise, le laissant nu jusqu'à la taille. Il est dans une forme physique étonnante, ses pectoraux sont musclés et plats, tandis que ses biceps sont impressionnants par leur taille et leurs veines. Ses abdominaux sont durs, et il a même ce « v » de muscles qui se rétrécit jusqu'aux hanches.

Si on met de côté tout ce qui le concerne, le Monstre est sacrément bien foutu. Il est sexy, c'est *indéniable.*

Il va très certainement être à la hauteur de son surnom, mais merde, j'ai envie de le regarder et de me pâmer devant lui, juste pour une petite seconde.

C'est biologique. On ne peut pas me reprocher cela, n'est-ce pas ?

Le Monstre me regarde pendant une seconde, ses yeux se rétrécissent. Il tend la main vers moi, et repoussent les miennes, me laissant nue devant lui. Je sens le poids de son regard quand il contemple mes seins, ma... ma *chatte*, et mon visage aussi.

Il ramène mes cheveux derrière mon oreille avec le plus doux des gestes. Je ne prends conscience de mon cœur qui bat la chamade que lorsque le bout de ses doigts entre en contact avec la membrane de mon oreille, oh tellement brièvement.

Alors qu'auparavant il était pressé, maintenant il bouge langoureusement, caressant ma clavicule à l'endroit encore sensible où son couteau a sculpté ma chair. Prenant un souffle, je ferme les yeux sur le moment de... pas de douleur, exactement. Mais pas de plaisir, non plus.

Quel est le mot pour cela ?

L'excitation ? L'anticipation ?

En pensant aux mots, je m'en veut de les ressentir. Il m'a fait mal. Il m'a kidnappée. Il me fait me sentir sans importance et sans valeur.

Il me traite comme si j'étais une esclave.

Alors pourquoi mon cœur bat-il un peu plus fort quand il me touche ? Il attrape le bout de mon sein du bout des doigts et le masse légèrement. Je me tortille un peu devant l'étrange sensation qu'il crée et j'ouvre les yeux.

Il se rapproche suffisamment pour que nous soyons à un battement de cœur de nous toucher. Pour que je puisse sentir la chaleur de sa peau. Mes lèvres peuvent sentir l'effleurement de son souffle chaud ; elles se séparent en anticipation, même si je sais que c'est très mal.

Puis on entend un raclement de gorge. Le monstre et moi nous tournons pour regarder la porte. Mon cœur se fige dans ma poitrine.

Sin est là, son regard est désolé. Il remplit l'espace avec son grand corps. Je ressens immédiatement de la honte à l'idée que quelqu'un d'autre puisse me voir nue. En fait, que quelqu'un me voit si... intéressée par le Monstre.

— T'as intérêt à ce que ce soit la fin de ce putain de monde, lance le Monstre à Sin, comme s'il allait le tuer.

Je considère Sin comme un mec coriace, mais même lui pâlit en entendant les mots du Monstre. Il baisse la tête :

— Dryas est ici, boss. Il a des nouvelles concernant le Cartel de la Sierra. Cela vaut la peine de vous interrompre, boss.

Le Monstre regarde Sin pendant un moment, puis secoue la tête. Il se tourne vers moi :

— Ne crois pas que ce soit fini, dit-il d'une voix rauque, le visage impassible. Ca n'a même pas commencé.

Il se retourne et sort de la pièce, en suivant Sin. Et je me retrouve seule, tremblante, à essayer de comprendre ce qui vient de se passer.

15

KATHERINE

Je suis réveillée au milieu de la nuit par Sin qui me secoue.
— Lève-toi, dit-il, son expression est intense. Il me lâche, en se tenant en retrait. Le maître te veut.

Étourdie, je m'assois.
— Quoi ? Il me veut maintenant ?
Son expression devient acerbe.
— Non, je te réveille juste en pleine nuit pour m'amuser. Tout ça n'est qu'un jeu pour moi.

En fronçant les sourcils, je repousse mes cheveux sauvages :
— Ok, ok.
Je sors du lit, en me déplaçant lentement.
— Allez, dit Sin, en me saisissant par le bras. Il me tire du lit et me traîne hors de ma chambre. Arrête de faire la maline.

Les jambes de Sin sont tellement plus longues que les miennes, que c'est surtout lui qui me traîne dans le couloir. Il descend les escaliers et se dirige vers le bureau privé du

Monstre où ce dernier attend. L'air du soir est assez frais pour que je sente la chair de poule se répandre sur tout mon corps.

Je fixe le Monstre, qui fait les cent pas à une extrémité du bureau. Je regarde la pièce qui nous sépare, les chaises à dossier droit et le grand bureau en chêne. Et puis je vois l'expression du Monstre, l'humour indolent dont il fait preuve pendant qu'il attend...

Maintenant, je suis *vraiment* inquiète.

Sin me laisse sur le sol froid en bois, et disparaît de la vue. Le Monstre me fixe, tout en s'approchant.

— Je t'avais dit que nous n'avions pas fini, dit-il comme si la conversation engagée deux jours plus tôt était toujours en cours. Je t'avais prévenue, n'est-ce pas ?

J'ouvre la bouche pour répondre, mais il me coupe.

— Non. Je n'ai pas besoin de ton avis. Ce dont j'ai besoin, c'est que tu comprennes quelle est ta place, dit-il, l'air presque pensif. Je crois que j'ai été tellement absent ces derniers temps, que tu en as profité pour te pavaner ici, comme une princesse gâtée. Cela se termine aujourd'hui.

Je commence à répliquer.

— Je n'ai rien fait.

Le Monstre m'ignore, se dirige vers son bureau. Il sort une élégante boîte noire, de la taille de son avant-bras, et la pose sur le bureau. En me regardant, il ouvre le couvercle d'un doigt.

À l'intérieur, il y a deux *appareils*... en or. Ils sont nichés dans du velours noir, luisant dans la lumière de la lampe, réfléchissant et réfractant la lumière à mesure que je me rapproche. L'un d'entre eux, qui se dresse tout droit, ressemble à un petit... *vibromasseur*. L'autre a la forme d'un œuf, et semble avoir une matière noire filandreuse en dessous.

En levant les yeux, perplexe, j'incline la tête.

— Je suis désolée, qu'est-ce qui se passe exactement ?

Il sourit, affichant ses dents parfaitement blanches. Prenant l'œuf d'une main et une petite télécommande de l'autre, il appuie sur un bouton. L'œuf prend vie, vibrant dans sa paume ouverte. Mes yeux s'élargissent un peu lorsque je le regarde.

— Tu vas porter ça, explique-t-il en brandissant le vibromasseur. Je suis pas du genre à prendre ce qui n'est pas à moi. Cela inclut ta virginité. Mais je suis toujours un homme. Et jusqu'à ce que je puisse prendre ta virginité, je vais chercher d'autres plaisirs avec toi. Tu vas t'asseoir sur mes genoux, porter ce vibromasseur, et me faire la lecture.

— Quoi ? Non, dis-je en fronçant les sourcils. Mes mains saisissent ma robe, froissant le tissu.

— C'est ça ou la Boîte sous ton lit. Il penche la tête en me regardant. Je pourrais honnêtement me satisfaire de l'un ou l'autre.

Mon cœur commence à battre la chamade. Je tremble rien qu'à la seule mention de la Boîte.

— S'il vous plaît ! Non, pas ça.

— Alors, c'est le vibromasseur ?

Il brandit l'œuf en or pour qu'il brille dans la lumière de la lampe.

— Je... je commence, puis j'avale difficilement. Je me sens... sale, rien qu'en le regardant. Je ne sais pas.

Il remet l'œuf dans la boîte.

— On dirait que tu veux la Boîte.

La claustrophobie menace de m'envahir, rien que de penser à entrer dans la Boîte volontairement.

— Non ! Non. Je... Je ferai tout pour éviter ça.

Le Monstre s'assoit sur sa chaise de bureau, en se tapotant la cuisse.

— Viens par ici alors. Montre-moi que tu peux être une gentille fille pour une fois.

En me mordillant la lèvre, j'hésite. Si je me dirige vers lui, si je choisis le vibromasseur plutôt que la Boîte, c'est mon choix. Je donnerai mon accord, au moins en partie.

Mais encore une fois, je n'ai pas choisi d'être piégée ici ou d'être avec le Monstre.

Il baisse les sourcils :

— C'est la dernière fois que je te dis de venir ici, Fiore. Je peux te promettre que tu n'aimeras pas ce qui se passera quand j'arrêterai d'être gentil.

En tremblant, je me dirige vers le Monstre sur des jambes en coton. Il me regarde alors que je m'approche lentement de lui, un sourire se dessinant sur ses traits. Je me tiens à quelques centimètres de lui, je regarde ses genoux, redoutant le contact avec lui.

— C'est bien, dit-il, en tendant la main et en me saisissant la hanche. Il la serre, en se mordant la lèvre. Tu sais, tu devrais juste te détendre, ce sera très bien pour toi aussi.

Ma seule réponse est un frisson. Il saisit mes hanches, me surprenant en me retournant aussi adroitement qu'un danseur de salsa. Il me tourne de façon à ce que je sois pliée sur son bureau, appuyée contre le bois massif. Alors que je fais un bruit pour protester, il écarte mes cuisses avec son genou.

— Qu'est-ce que vous... je me plains jusqu'à ce qu'il monte ma robe jusqu'à ma taille. Je me retrouve entièrement nue, soumise à son inspection. Monstre !

Je peux sentir mon visage devenir chaud et tout rouge. C'est tellement gênant que je ne sais même pas quoi faire de moi.

— Chut, ordonne-t-il, ses mains caressent mon cul, en font tout le tour. Reste tranquille.

Il me pétrit le cul, puis descend ses mains sur mon corps, sur ma chatte. Je me tortille quand son doigt passe sur mon clito.

Ce n'est pas que je veuille qu'il me touche à nouveau, vraiment, ce n'est pas ça.

C'est juste que... mon clito me *fait mal*.

Qu'est-ce que je suis censée faire par rapport à ça ?

Un tremblement commence au plus profond de mon corps, et avant que je ne m'en rende compte, je tremble de partout. Je le regarde par-dessus mon épaule, paniquée. Il semble ne pas s'en apercevoir, trop absorbé par ses mains sur mon corps.

— Monstre... j'essaie à nouveau de parler.

Il m'arrête avec une claque sur le cul.

— C'en est assez de toi. Je te dirai quand tu pourras parler à nouveau.

Rougissant furieusement, en colère contre la façon dont il abuse de moi, je pose la tête sur le bureau. Plus vite j'en aurai fini avec ça, mieux ce sera.

— J'aime quand tu te soumets comme ça, dit-il. Tu sais ce que j'aime encore plus ?

Je ne peux pas parler tant j'ai la gorge nouée, alors je secoue la tête. La seconde suivante, je suis de nouveau choquée quand je sens ses doigts taquiner l'entrée de ma chatte.

Elle n'est pas sèche. En fait, elle est plutôt... elle est humide. Je sais que je dois avoir un problème parce que je suis excitée par tout ce qu'il me fait.

— T'es une petite cochonne, tu sais ça ? me dit-il en me riant dans l'oreille. Je pense que tu vas aimer ce que je te réserve.

Il retire sa main et reprend l'œuf. Je le sens disparaître derrière mon corps, je ferme les yeux et avale ma salive. Il presse l'œuf doré contre ma vulve, et me taquine le clito avec.

Rien n'est comme je m'y attendais. L'œuf ne fait que sonder les lèvres de ma chatte, sans soulager du tout la douleur que je ressens. Le Monstre tâtonne sur le bureau, et soudain l'œuf s'anime en un ronronnement.

Mes lèvres sont sèches tout d'un coup. Mes yeux s'ouvrent brusquement.

Ça fait... c'est... différent. Non, ça semble...

Agréable.

Alors qu'il continue de le poser doucement sur mon clito, je dois réprimer un gémissement. Il le fait bouger d'avant en arrière, en établissant un petit rythme, et mince, c'est difficile de ne pas bouger mes hanches en même temps. La douleur que je ressens augmente, s'étend vers l'extérieur, mais j'ai trop de choses sur lesquelles me concentrer pour que cela m'énerve.

Le Monstre éloigne l'œuf de mon clito, pour le pousser contre mon entrée. Bien que mon visage brûle de honte, j'ouvre un peu plus mes jambes, l'encourageant à le pousser plus loin. Il fait glisser l'œuf en douceur en moi, jusqu'à l'entrée, puis le laisse là.

Il écarte mes cheveux de mon cou et ensuite il me met debout. Après m'avoir embrassée délicatement dans le cou, il mordille l'endroit sensible juste sous mon oreille. Lorsqu'il s'approche du lobe de mon oreille, je crie et mes doigts s'agrippent à ma robe.

— Mmmmh, murmure-t-il d'une voix suave dans mon oreille. Tu aimes ça, hein ?

C'est une déclaration, pas vraiment une question. Je ferme la bouche, en essayant de descendre ma robe autour de mes hanches.

— Non, non. Qui a dit que tu avais le droit de faire ça ?

demande-t-il, en m'écartant les mains. Il ouvre son pantalon, sort sa bite et s'assoit sur sa chaise. Maintenant, viens par ici et assieds-toi sur mes genoux comme une gentille fille.

— Non ! dis-je, en me dégageant de son emprise. Je ne vais pas coucher avec vous !

Il hausse un sourcil, en me serrant le bras avec force.

— Tout d'abord, je peux baiser qui je veux, quand je veux. Putain, tu m'appartiens, et je peux te faire tout ce que je veux. Deuxièmement, je n'ai pas dit qu'on allait baiser. J'ai dit, viens t'asseoir sur mes genoux.

Il me tord le poignet douloureusement et j'acquiesce. Je me perche sur ses genoux, en soupirant quand il me lâche le poignet. Il me tire plus loin en arrière jusqu'à ce que mes fesses embrassent sa longue bite bien dure.

Je ne me suis jamais sentie aussi sale qu'à ce moment-là, je le jure. Il gémit au contact de mes fesses et de son pénis épais, tenant mes jambes avec une main étendue alors qu'il donne des coups de reins vers le haut.

Je ne vais pas mentir, c'est plutôt agréable. C'est un peu tabou et cochon. Comme si je ne devrais absolument pas faire ça ou le laisser me faire ça.

Puis il augmente le rythme et plonge sa main plus bas, à la recherche de mon clito. Il le trouve sans effort et le caresse paresseusement. Je ferme les yeux, j'appuie ma tête contre son épaule et je respire bruyamment.

Mon Dieu, c'est vraiment bon. J'ai l'impression qu'il remplit mon corps de chaleur et de feu, juste par son simple toucher. Il donne des coups de reins vers le haut contre moi et embrasse ma nuque.

Puis sa main libre empoigne ma poitrine à travers le tissu fin de ma chemise, et trouve mon mamelon déjà dur. Il le pince fort, faisant sortir un gémissement sourd de ma gorge.

Il glousse :

— Tu aimes ça ?

Je ferme les yeux et détourne la tête, mais je ne peux pas le nier. J'aime ce qu'il me fait. Je suis mouillée, et me rapproche doucement de l'orgasme. Le vibromasseur bourdonne, le Monstre se presse contre moi, et sa main commence à frotter plus vite mon clito.

— Oh, je gémis doucement. Oh mon Dieu...

— C'est ça, petite vilaine. Tu aimes que je te touche le clito comme ça ? Ou peut-être que tu aimes le vibromasseur que je t'ai mis dans la chatte ? Ou alors c'est que tu aimes bien comme je joue avec tes nichons ?

Son langage grossier me rapproche encore plus du précipice. Je laisse échapper une série de petits gémissements légers, de petits oh de plaisir.

— Je pense que tu apprécieras encore mieux si tu commences à crier mon nom. Vas-y, dis-le, ne sois pas timide. Il ne doit pas y avoir de secrets entre nous, Fiore.

Ses doigts ne cessent de me caresser le clito ou de pincer ma poitrine.

— Oh... oh mon Dieu... je lance. Oh mon Dieu, Monstre...

Je jouis en une succession de convulsions ahurissantes, en me cramponnant à l'épaule du Monstre. J'ai l'impression que tout sort de moi, alors qu'en même temps tout rentre. Alors que je glisse sur la vague, le Monstre me maintient, il donne des coups de reins jusqu'à ce qu'il pousse un grondement soudain.

Il projette sa semence collante sur mes fesses et mes cuisses, puis gémit doucement ensuite. Il appuie sur un bouton de la télécommande du vibrateur, et celui-ci s'arrête de ronronner. Nous restons là pendant près d'une minute, notre respiration bruyante, nous essayons juste de reprendre nos esprits.

Puis il me fait glisser hors de ses genoux. Je me lève, mes jambes vacillent, son sperme coule le long de mes jambes. Il me donne une tape, et j'avance de quelques pas.

Il se lève, rentre son sexe dans son pantalon et me jette un regard las.

—Donne-moi le vibromasseur, dit-il en tendant la main avec impatience.

Honteuse, je mets la main entre mes jambes et récupère l'œuf. Je le dépose dans sa main, et il le jette sur le bureau avec désinvolture.

— J'ai du travail, dit-il. Ferme la porte en sortant.

Je redescends ma robe et me faufile hors du bureau, en fermant la porte derrière moi. Je fais quelques pas dans le couloir avant de sentir monter les larmes, des larmes qui me bouleversent, même si je n'arrive pas à comprendre pourquoi.

16

KATHERINE

FIORE —

Je serai parti pendant plusieurs jours. Pendant ce temps, je veux que tu réfléchisses très attentivement à ce que tu veux. Je te suggère de signer ces papiers pendant mon absence. Sinon, nous devrons en parler à mon retour. Je ne pense pas que ce soit ce que tu souhaites.

Ce n'est pas signé ou quoi que ce soit. Il présume juste que je saurai de qui ça vient, et ce qu'il veut.

Et je le sais, même si je ne le veux pas.

Je relis la note, en la froissant quand j'ai fini. J'ai trouvé la note sur le lit à côté de moi quand je me suis réveillée ce matin. En dessous, il y a des documents qu'il veut que je signe. C'est une sorte de contrat, dans lequel j'accepte de lui donner ma virginité.

En fait, il demande plus que ça. Il dit qu'en signant ces documents, je renonce volontairement à ma virginité et à la sainteté de mon corps.

C'est littéralement ce qui est écrit. La sainteté de mon corps.

Qui dirait oui à cela ? Personne de sensé.

En plus de tout cela, il me fait porter le chapeau pour tout, y compris mon enlèvement.

C'est de la pure folie.

En colère, je me retiens de ne pas froisser le tout et de le jeter dans un coin. Mais je ne le fais pas. Au lieu de cela, je bouillonne tranquillement, en faisant les cent pas dans ma chambre, puis je m'assois à ma fenêtre.

Je pense à ce que le Monstre m'a dit hier. *Je ne crois pas au fait de prendre ce qui n'est pas à moi. Cela inclut ta virginité.*

Quand il a dit qu'il allait chercher d'autres plaisirs avec moi, qu'est-ce que cela voulait dire exactement ? Bien sûr, je n'étais pas assez bête pour croire qu'il voulait juste dire qu'il allait me donner des coups de reins contre le cul de temps en temps.

Je suis allongée dans mon lit, en essayant de comprendre. Puis je réalise que c'est un meurtrier et un kidnappeur. Peut-être que ce qui m'échappe ici, c'est simplement qu'il est fou. Ça a du sens.

Un sens malsain et tordu, mais néanmoins sensé.

Fatiguée de me morfondre dans le doute, je me ressaisis et me dirige vers le sous-sol. J'apporte mon livre, *Le Comte de Monte-Cristo* est si poignant. Quand Edmond est incarcéré au Château d'If, je ressens sa douleur avec une telle acuité, peut-être même plus que la mienne.

En déambulant et en cherchant un endroit pour lire, je me retrouve dans le verger sur lequel ma fenêtre donne. Les fleurs de cerisier commencent à peine à s'épanouir, leurs minuscules fleurs sont blanches avec une légère nuance de rose. Il y en a une douzaine, qui s'élève fièrement sur la toile de fond du mur.

C'est comme si elles défiaient les circonstances. Cela me parle aussi, d'une certaine manière.

Je me dirige vers les fleurs de cerisier et m'installe

dessous, contre un tronc d'arbre à l'aspect confortable. D'ici, je ne vois presque pas la maison. Ici aussi, c'est calme, l'herbe en bas et les arbres au-dessus. Ce n'est qu'un monde fait de fleurs blanches et de branches noueuses brun foncé.

Je feuillette les pages de mon livre paresseusement, bien que je ne me concentre pas du tout sur les mots. Les mots de la lettre du Monstre me reviennent sans cesse à l'esprit, encore et encore. Je ne peux pas les oublier.

Chaque fois que je pense à la ligne concernant *la sainteté de ton corps*, ça me glace d'effroi. Qu'est-ce que cela peut bien signifier ?

Je somnole ici, sous les arbres, me sentant en sécurité pour une raison inconnue. Ou plus en sécurité, en tout cas.

C'est seulement quand j'entends des pas qui s'approchent que je me réveille, en m'asseyant bien droit. Sin apparaît à travers les fleurs de cerisier, l'air soulagé quand il me voit. Il porte son habituel équipement tactique noir.

Bizarrement, avec les arbres en fleurs en toile de fond, je trouve ça drôle. Je glousse un peu.

Il fronce les sourcils.

— On t'a cherchée partout. On pensait que tu t'étais sauvée.

Je penche la tête en le regardant :

— Ça aurait été si terrible ? Il aurait pas pu vous tenir pour responsables.

Sin me regarde de travers.

— Je me demande si on parle de la même personne ? Parce que l'homme dont je parle a menacé, intimidé et extorqué son personnel dès le premier instant. Peut-être qu'il te traite plus gentiment.

Je reste bouche bée pendant un long moment.

— Tu sais que je lui appartiens pour le sexe, n'est-ce pas ? Je ne suis pas exactement ici de mon plein gré.

Sin baisse les yeux, donne des coups de pied dans l'herbe.

— Oui, je sais.

— Ok. Réjouis-toi de ne pas être à ma place alors. Je m'appuie contre le tronc de l'arbre en poussant un soupir silencieux.

Sin me regarde, et de la culpabilité apparaît dans ses yeux.

— Est-ce que c'est affreux ?

— Quoi, d'être obligée de... faire des choses avec lui ? Ce n'est pas l'idéal.

Je pense que le Monstre ne voudrait pas que j'en dise plus, alors je me contente de pincer les lèvres.

En regardant derrière lui comme pour s'assurer que personne ne regarde, Sin s'approche et s'agenouille sur le sol. Mes sourcils se soulèvent alors qu'il fouille dans les poches de sa veste tactique, et en sort un paquet bleu tout simple, plus petit que la paume de sa main. Il me le lance, et je le fixe pendant une seconde.

Une barre de chocolat. Il m'a donné une barre de chocolat.

Je le regarde, clairement perplexe. Est-ce que c'est censé être une sorte de remboursement parce que je suis le jouet du Monstre qu'il doit surveiller ?

— C'est local, dit Sin en haussant les épaules. C'est vraiment bon.

Je ne sais pas ce que c'est censé signifier, mais je n'ai jamais été du genre à laisser passer un petit plaisir. J'ouvre une extrémité et sens le chocolat parfumé. Il est aussi noir que le péché, il ne contient presque pas de lait.

J'ai toujours été une adepte du chocolat au lait, mais j'en casse un morceau et le mets dans ma bouche. Mes yeux roulent presque dans ma tête. C'est très amer, mais on ressent aussi le goût sucré du chocolat noir. Ma bouche salive de bonheur.

Quand j'ouvre à nouveau les yeux, Sin me regarde, un coin de sa bouche est recourbé vers le haut dans une sorte de sourire. Ma première pensée est qu'il est vraiment très beau, quand on passe outre son attitude arrogante débile.

— C'est bon ? me demande-t-il.

— Oui. J'en prends une autre petite bouchée, en faisant un *mmmmh*. En le regardant, je suis curieuse. Tu ne vas pas te provoquer la colère du Monstre en me donnant du chocolat, hein ?

Il émet un éclat de rire choqué.

— Tu viens de l'appeler Monstre ?

Je hausse les épaules :

— Ça lui va bien. En plus, je crois qu'il aime ce surnom.

— Je vois. Je pense que ça ne pose pas de problème. Tu peux garder un secret, n'est-ce pas ?

Ses yeux sombres brillent d'humour. En hochant lentement la tête, je lui repasse la barre de chocolat. Il a l'air déconcerté.

— Je croyais que tu avais dit que tu aimais ça.

— Oui, c'est le cas. Mais je ne suis pas assez stupide pour garder quoi que ce soit qu'il puisse trouver. Ce serait l'enfer si le Monstre découvrait que quelqu'un d'autre que lui m'a donné quelque chose. La moindre *petite chose* pourrait te causer des problèmes.

Sin ne dit rien. Il se contente de remettre la barre de chocolat dans son gilet, en s'asseyant. Il lève les yeux pendant plusieurs minutes, et semble ne regarder que les fleurs. Je me contente de me reposer. Je n'ai pas besoin de parler non plus.

— Tu t'assieds ici parce que tu ne peux pas voir la maison ? dit-il finalement. Il me regarde, les yeux si pleins de tristesse que je ne peux même pas me permettre de lui demander d'expliquer.

— Oui. Je fais en sorte de répondre simplement.

Il hoche la tête.

— Je comprends pourquoi. Si j'étais à ta place, enfin...

Il jette un coup d'œil au loin. Je suis intriguée de savoir pourquoi il travaille pour le Monstre. Parlait-il de lui-même quand il a dit que le Monstre avait escroqué son personnel ?

Cette éventualité ne semble pas si improbable.

Mais avant que je puisse lui demander, Sin se lève.

— Ils vont remarquer que je suis parti. Je dois y retourner.

Je lui souris, en repoussant mes cheveux.

— Tu peux dire à tes amis que tu m'as trouvée.

Il me regarde fixement pendant un long moment, semblant sur le point de parler. Mais au dernier moment, il secoue la tête.

— Fais attention à rester assise ici tout seule. On ne sait jamais qui regarde et qui écoute.

Son avertissement me donne un frisson qui descend le long de ma colonne vertébrale. Je me lèche les lèvres, de plus en plus anxieuse.

— Merci.

Il se tourne et s'éloigne. Bientôt, il est masqué par les fleurs de cerisier, et je me demande s'il m'a même trouvée.

17

KATHERINE

Je suis assise à la fenêtre de ma chambre et je regarde les montagnes lointaines. Un orage se rapproche et un épais brouillard commence à se glisser sur les collines. Cela me rend vaguement claustrophobe, mais le temps semble être en phase avec mon humeur.

Je commence à devenir dingue, enfermée dans cette forteresse sécurisée. Si je ne revois pas bientôt l'extérieur, j'ai vraiment peur de commencer à perdre la tête.

En parcourant tout l'intérieur de la propriété, derrière les grilles, je ne cesse de revenir aux écuries, encore et encore. Elles sont juste installées là, le bâtiment en cèdre est flambant neuf, il n'attend plus que quelqu'un pour l'explorer. Quand j'ai remarqué les écuries pour la première fois, je me suis dit qu'elles étaient pratiquement vides, mais maintenant je pense que j'avais tort.

J'ai vu un homme âgé qui y transportait un sac de nourriture. Il n'y a pas de raison d'emmener de la nourriture pour chevaux, sauf si vous avez des chevaux. Et s'il y a des chevaux et un garçon d'écurie, l'équipement nécessaire pour monter doit être là aussi.

Mais j'ai besoin d'une raison pour aller dans les écuries, quelque chose qui ne fera pas soupçonner à Sin et au Monstre que j'essaie de m'échapper.

Je serre les dents, en essayant de trouver une solution, mais je ne peux en trouver qu'une. Il n'y a pas d'autre solution : J'ai besoin de la permission du Monstre pour sortir d'ici un petit moment.

Je passe mon après-midi à flâner près du bureau du Monstre, en faisant semblant de feuilleter les pages du *Comte de Monte-Cristo*. La porte de son bureau est parfaitement fermée, mais je sais qu'il est là. J'essaie de paraître absorbée par mon livre, tout en essayant de faire en sorte qu'il me remarque.

Finalement, la porte de son bureau s'ouvre. Il sort, avec un air négligé qui n'est pas de son habitude. Ses cheveux bruns sont ébouriffés, ses manches de chemise sont retroussées et sa chemise est ouverte au niveau du col. Il regarde autour de lui et me cloue du regard.

— Qu'est-ce que tu fais ici ? dit-il, l'air renfrogné.

Je me redresse, en mettant mon livre de côté.

— Je lis, c'est tout.

Il commence à manifester des soupçons.

— Des conneries ! Tu peux lire n'importe où, et pourtant tu le fais dans le même couloir que mon bureau ? Alors, vas-y. Qu'est-ce que tu veux ?

Je prends une grande respiration et j'essaie une autre tactique.

— Vous semblez stressé. Est-ce que je peux vous aider ?

Il s'appuie contre la porte, en faisant craquer ses articulations.

— Tu as signé les papiers que je t'ai laissés ?

J'hésite.

— Non.

— Alors nous n'avons plus rien à nous dire. Du moins, pas maintenant. Crois-moi, quand je serai prêt à parler du contrat, nous en parlerons.

Il commence à traverser le couloir pour aller dans sa chambre, mais je me lève d'un bond.

— Et si on faisait un marché ? Ce n'est pas parce que certaines choses ne sont pas sur la table que vous devez mourir de faim.

Il a l'air surpris.

— Est-ce que tu me proposes des faveurs sexuelles ?

Je rougis jusqu'à la racine de mes cheveux, mais je lève le menton :

— Peut-être.

Il rit, le son est grave et mélodieux.

— Et que veux-tu en échange ?

En me pinçant les lèvres une seconde, je laisse échapper la réponse.

— Je veux faire du cheval.

Ses sourcils s'arquent, mais je vois que j'ai capté son attention.

— Qu'es-tu prête à faire pour une telle excursion ? demande-t-il, avec une expression intense.

Je regarde mon corps mince, en serrant l'ourlet de ma robe.

— Qu'est-ce que vous voulez ?

Le regard du Monstre se rétrécit.

— Ta bouche. Je veux que ces lèvres pulpeuses s'enroulent autour de ma queue, et que tu gémisses pendant que je remplis ta gorge de sperme.

Il le dit si simplement, comme si ses mots n'allaient pas me faire rougir et bégayer. Ses mots suffisent à me faire battre le cœur au galop, assez pour me faire transpirer les paumes des mains.

— Je... voulais dire... je m'arrête et inspire un bon coup. Je peux le faire. C'est en mon pouvoir. Marché conclu.

Il incline la tête.

— Très bien. Suis-moi.

Il me ramène dans son bureau, et attend que je sois à l'intérieur avant de fermer la porte. Il se retourne et me cloue sous son regard gris acier.

— As-tu déjà fait ça avant ? me demande-t-il, la voix un peu rude.

En me léchant les lèvres, je secoue la tête.

— Non.

La commissure de ses lèvres se soulève.

— Bien. Mets-toi toute nue.

— Mais...

Il me saisit par le poignet, me tirant contre son corps ferme. Il est chaud au toucher.

— Fais ce que je te dis, et tout sera plus facile pour toi.

En me mordant la lèvre, je tire sur mon poignet. Quand il me laisse partir, c'est assez simple pour moi de retirer la robe que je porte en me la passant par-dessus la tête. Quand je la jette, le Monstre a l'air content.

— Quelle gentille fille, dit-il, en tendant la main et en me caressant la poitrine. Il pince mon mamelon rose qui pointe et me regarde pour voir ma réaction. J'essaie de garder mon visage impassible, mais il me pince le mamelon suffisamment fort pour que je crie de douleur.

— Mets-toi à genoux, ordonne-t-il, en me libérant. Il commence à défaire son pantalon, à ouvrir sa braguette. Il baisse un peu son pantalon et sa bite surgit, épaisse, veinée et gonflée.

Je m'agenouille sur le parquet, je rougis incroyablement

quand je me retrouve face à sa... queue. Le Monstre se caresse d'une main experte et me fait signe d'avancer avec son autre main. Je la regarde, je vois la petite perle de liquide qui se forme au bout, et je réalise à quel point tout cela est un mauvais plan.

À quoi je pensais ?

— Ouvre la bouche et couvre tes dents avec tes lèvres, dit-il d'une voix rassurante. Et monte ta main vers le haut pour te préparer pendant que tu tiens ma bite. Comme ça...

Il attrape mes mains et en pose une pour que je la tienne écartée sur sa cuisse tandis qu'il place l'autre doucement autour de sa queue. C'est la première fois que je touche un pénis, alors le fait qu'il soit doux et soyeux me surprend.

Le fait qu'il soit très chaud aussi, alors que je n'ai même pas encore commencé.

Je lève les yeux vers lui et caresse sa queue longuement de haut en bas comme je l'ai vu faire. Ses yeux sont tournés vers les miens et il se lèche les lèvres.

— Utilise ta bouche, dit-il, en me donnant un coup de bite sur les lèvres. Fais attention à tes dents.

J'ouvre la bouche en me recouvrant les dents et avec une certaine hésitation, j'abaisse mon visage vers sa queue. Ma langue recouvre sa queue et je goûte à son essence masculine, à la fois puissante, amère, douce et salée. Il fait un bruit, comme s'il essayait de se retenir, et me regarde de haut.

— J'ai pas beaucoup de patience. Va plus vite.

Nerveuse, je saisis sa bite plus fermement, monte et descends plusieurs fois sur son sexe, même s'il y a plusieurs centimètres que je ne peux pas prendre. Il est juste trop gros, trop énorme. Il bouleverse mes sens ; il a un goût presque métallique contre ma langue.

— Utilise plus ta main, dit-il, en guidant ma main pour

monter et descendre sur son manche. Serre-la bien fort, mais garde aussi le rythme avec ta bouche.

J'essaie de faire tout cela en même temps, en coordonnant ma main et ma bouche, en essayant de me souvenir de garder mes lèvres couvertes. Il gémit doucement pendant que je me baisse sur lui, et passe sa main dans mes cheveux. Son emprise sur mes cheveux devient plus forte, presque douloureuse, juste avant qu'il ne perde patience.

— Ne bouge pas et garde les dents couvertes, gronde-t-il en me saisissant la tête à deux mains. Le Monstre commence à s'enfoncer dans ma bouche, beaucoup plus fort que ce à quoi je m'étais préparée.

Chaque fois que sa bite touche l'arrière de ma gorge, j'ai un haut-le-cœur et mes yeux se mettent à pleurer. Je le regarde, impuissante.

— C'est ça, juste là. Putain, c'est parfait, me dit-il en croisant mon regard. Il ponctue chaque mot d'une impulsion. Tu es une très, très gentille fille. Mon Dieu, tu vas me faire jouir, tu sais ça ?

Puis sa colonne vertébrale se raidit, il lève les yeux au ciel en poussant sa bite dans ma bouche. Pendant une seconde, je peux sentir le goût salé de son sperme avant qu'il ne pousse un cri et le mette au fond de ma gorge. J'essaie de respirer par le nez, sans comprendre vraiment ce qui se passe.

Il ralentit, en émettant un son satisfait :
— Ahhhhh.

C'est seulement à ce moment-là que le Monstre se retire de ma bouche, me laissant avec un tas de sperme salé dans la bouche. Je le fais circuler dans ma bouche, sans savoir ce que je suis censée faire maintenant.

Il me regarde pendant qu'il se remet la bite dans le pantalon.

— Tu ferais mieux de l'avaler.

Ça ressemble à une menace, alors j'avale, les yeux larmoyants à nouveau. Son téléphone portable sonne, et il se dirige vers son bureau.

— J'ai des affaires à régler, dit-il, en semblant distrait.

J'ouvre la bouche.

— Mais le marché...

Il fait le tour de son bureau, me fixant du regard.

— Je n'ai pas oublié. Maintenant, ferme la porte en sortant.

Je me mets debout, le visage rouge, et je sors de son bureau.

Je souris, alors même que je m'essuie la bouche. Je l'ai fait. J'ai atteint un de mes objectifs. J'ai aussi eu un certain pouvoir. Du pouvoir dans le fait de dire oui. C'est une bonne leçon à retenir.

Et bientôt, je vais aller faire du cheval.

18

KATHERINE

Je me réveille tôt, déjà excitée de savoir qu'aujourd'hui est le jour où je vais faire du cheval. Je passe quelques heures à regarder par la fenêtre, en faisant semblant de feuilleter les pages du *Comte de Monte-Cristo*.

Je prends un long bain, puis j'enfile une robe propre. Ce n'est pas une tenue d'équitation, mais je m'en fiche. Je peux sortir, c'est tout ce qui compte.

Alors que j'ajuste la couette, pour que les quatre bords pendent bien comme il faut au-dessus du lit, je suis surprise de voir une des servantes arriver avec une brassée de vêtements. Elle les jette sans aucune précaution sur le lit et s'en va avec un air contrarié.

En fouillant dans la pile de vêtements, je trouve un pantalon d'équitation beige, un tee-shirt rose pale, et même un soutien-gorge et une culotte. Assise là, à toucher des sous-vêtements en satin, mes yeux se remplissent de larmes.

Cela fait si longtemps que je n'ai pas porté autre chose que la simple robe rouge droite, je ne sais même pas quoi faire de ma peau. Bien sûr, au moment où je pleure, le Monstre apparaît.

Il porte un pantalon d'équitation noir et un tee-shirt bleu marine et il est un peu trop séduisant à mon goût. Cette pensée me donne envie de rougir et de pleurer simultanément.

— Tu as trouvé les vêtements alors, dit-il, le visage impassible. C'est une récompense. Sois une gentille fille, et tu auras de belles choses.

Je perds toute ma contenance, parce que je suis à la fois très contrariée par ce qu'il dit et très reconnaissante pour les vêtements. Il me regarde pendant une seconde, comme s'il essayait de déterminer ce qu'il est censé faire exactement avec une fille en pleurs.

— Dépêche-toi de t'habiller avant que je ne change d'avis, dit-il. Je t'attends dans les écuries.

Il tourne les talons et quitte la pièce.

Je me change en essayant de ne pas sangloter et je savoure la sensation du satin contre ma peau. Il y a trop longtemps que je n'ai pas porté de vêtements normaux. Il y a trop longtemps que je n'ai pas mené une vie normale.

J'essaie de deviner depuis combien de temps je suis ici.

Depuis quelques semaines ? Un mois ? Peut-être un peu plus ? Pas beaucoup plus que ça, je pense.

Lorsque je suis habillée, une employée de maison se précipite dans ma chambre avec une paire de bottes d'équitation. Elles sont en cuir noir et montent jusqu'aux genoux. Leur parfum unique me rappelle les écuries du parc d'Audubon à la Nouvelle-Orléans. En me penchant, je presse mon visage contre le cuir froid et ferme les yeux pendant une seconde.

Pendant l'espace d'une seconde, je suis transportée. Je retourne à la Nouvelle-Orléans, dans le passé. Une version beaucoup plus jeune et innocente de moi-même y vit, sa plus grande préoccupation étant le fait que sa mère soit morte de manière tragique.

Avec le recul, je rêve de cette de vie, sans aucun souci.

Quand j'ai enfilé mes bottes, je descends les escaliers, en direction des écuries. Je trouve Sin qui m'attend dans la cour, il aligne ses pas sur les miens. Il ne dit rien et ne manifeste aucune expression, ce que je trouve étrange.

— Je vais faire du cheval, dis-je en traversant la pelouse. Le Monstre m'emmène.

Sin me regarde avec un air plein de reproches.

— Je viens aussi.

— Oh ? je demande. Je suppose qu'il ne voudrait pas que je sois sans garde du corps, même ici...

Sin secoue la tête.

— Tu ne te préoccupes que de toi. Te protéger est l'objectif secondaire. C'est lui qui a une cible dans le dos.

Mes yeux s'élargissent et mes pieds ralentissent.

— Attends, alors pourquoi a-t-il accepté de m'emmener faire du cheval ?

— Je me suis demandé la même chose. J'ai supposé que tu y étais pour quelque chose. Il me lance un regard noir. Allez, il faut qu'on y aille.

Lorsque nous arrivons aux écuries, une simple structure en cèdre, le Monstre nous attend. L'odeur du fumier de cheval agresse mon odorat, mais ça ne me dérange pas. Comme la plupart des passionnés de chevaux, j'ai appris à aimer l'odeur douce-amère des animaux il y a longtemps.

Le Monstre tient les rênes de deux pur-sang noirs élégants, son expression est clémente. Je m'approche de lui, les yeux rivés sur les chevaux. Ils sont énormes, assez grands pour m'écraser d'un simple mouvement. De ma voix la plus douce, je m'approche de celui qui est à gauche.

— Salut, ma belle, je chuchote en lui tendant la main pour qu'elle la renifle. Elle s'ébroue, sentant ma paume. Je me penche un peu plus près, respirant son odeur à pleins poumons.

— Voilà un petit nom qu'on ne m'a jamais donné avant aujourd'hui, dit le Monstre, sa bouche formant presque un sourire.

Je lève les yeux au ciel, caressant le museau du cheval avec ma main.

— Vous souhaiteriez que je vous donne des petits noms comme à un animal.

Il me regarde bizarrement.

— C'est comme ça, maintenant ? Je t'emmène faire du cheval, et tu me réponds pour me remercier ? Je ne suis pas sûr d'aimer ça.

Je me mords la langue, et change de sujet en caressant le cheval.

— Elle s'appelle comment ?

Les sourcils du Monstre se soulèvent.

— Son nom ? Je ne sais pas. Sin ?

Je regarde par-dessus mon épaule, pour voir où se trouve le garde du corps. Il s'éclaircit la gorge.

— Je crois qu'elle s'appelle Reina. L'autre s'appelle Rey. Il change de position, l'air mal à l'aise.

— Reina, je roucoule presque en parlant au cheval. Tu es magnifique.

Elle renifle à nouveau, cherchant une friandise dans la paume de ma main mais je n'en ai pas. Je la caresse à la place, en lui grattant légèrement le museau.

— Bon, j'ai d'autres choses à faire, alors on devrait y aller. Où est l'homme qui s'occupe des chevaux ? demande le Monstre, en regardant derrière lui.

Ça nous prend environ quinze minutes pour que nous

soyons finalement assis et installés sur un cheval, Sin inclus. Je remarque que Sin semble assez à l'aise à cheval, tandis que le Monstre est raide et manque de souplesse.

Je veux dire au Monstre que la façon dont il se tient va le faire souffrir plus tard, mais je ne le fais pas. Je ne pense pas qu'il apprécierait ces conseils et je ne veux pas gâcher cette expérience.

Le vieil homme nous guide hors des écuries, à l'extérieur de la haute clôture qui entoure tout le manoir. Accrochée à ma monture, je me dirige vers la jungle densément boisée. Il y a un ruisseau qui coule quelque part à proximité, et deux chemins qui ont été tracés dans la jungle et mènent dans des directions opposées.

Je ferme les yeux et respire. Le cheval est tranquille en dessous de moi, sa patience est manifeste. Je me remplis les poumons de l'odeur du cheval et d'un soupçon de verdure tout autour de moi. Le monde semble s'ouvrir à moi, et pendant une minute, je suis vraiment heureuse.

Puis je suis frappée par un éclair de tristesse parce que j'ai oublié où je suis pendant un instant. Lorsque j'ouvre les yeux, je me rends compte que le Monstre et Sin m'attendent tous les deux. Je rougis.

— Désolée, je m'excuse spontanément. J'ai juste... J'ai été enfermée dans la maison si longtemps...

Le Monstre fait la grimace.

—C'est ton excursion. Tu as une heure. Emmène-nous dans un endroit intéressant.

Mon cœur commence à battre la chamade quand je réalise qu'il veut que je prenne la tête. Au son des sabots de Reina, je commence à descendre le chemin vers la droite.

Le chemin est étroit au départ, il n'y a donc de place que pour un cheval à la fois. En dessous, le terrain est constitué d'herbe mais il y a quelques rochers cachés ici et là.

Je fais bien attention à l'allure de mon cheval, et elle semble savoir comment se comporter. Elle avance sur le chemin, et la jungle nous enveloppe. Bientôt, il n'y a plus aucune trace des écuries derrière nous.

Observer la canopée est incroyable. En descendant le chemin, je regarde autour de moi ; presque partout, je peux voir une forme de vie. Des oiseaux aux couleurs vives s'appellent, des iguanes, et d'étranges lézards se faufilent le long des branches des arbres, des grillons chantent de partout.

Le chemin s'élargit, devenant assez large pour deux chevaux. Alors que je retiens ma jument, le Monstre approche son cheval à côté du mien. Je le regarde, lui adressant un bref sourire.

— Tu montes bien, dit-il, en regardant ma posture.

— Oh ? Il faudra remercier ma mère pour ça. Elle a insisté pour que je prenne des leçons, même si mon père a dit que c'était du gaspillage d'argent.

Il hausse un sourcil.

— Et il a juste cédé comme ça ?

Je plisse les yeux vers la forêt.

— Vous ne connaissiez pas ma mère. Elle était... elle avait beaucoup de volonté, c'est le moins qu'on puisse dire.

Il est silencieux pendant un moment.

— Je croyais qu'il n'y avait pas de femmes dans ta famille.

Quoi, je n'étais pas assez pour lui ? Le Monstre serait capable de capturer d'autres femmes de ma famille ?

Mon sourire s'efface.

— Elle est morte quand j'étais petite.

Si je m'étais attendu à ce qu'il me dise à quel point il est désolé que j'aie un parent décédé, j'aurais été déçue. Il se contente de hocher la tête, en redressant ses larges épaules.

Je ne sais pas trop quoi dire. Si jamais il peut y avoir un

moment adéquat pour lui poser des questions sur lui-même, c'est maintenant. Le silence s'installe entre nous pendant plusieurs minutes, jusqu'à ce que je reprenne la parole.

— Vous n'avez donc qu'un seul frère ? C'est le mieux que je puisse trouver.

Il me lance un regard :

— Non. J'ai deux frères, Damen et Dryas.

Je réfléchis longuement.

— Vous avez tous des noms qui commencent par un D ?

Le Monstre fait la grimace.

— Non.

— Vous êtes l'aîné ? Je tourne autour du pot, en essayant de garder un ton léger.

— Non. dit-il en soupirant.

—Et dans votre famille ? Vous avez beaucoup de tantes, d'oncles et de cousins ? Je suis déterminée à maintenir la conversation, et je pense que cela transparaît dans le ton de ma voix.

Il secoue la tête.

— C'est un interrogatoire ?

— Non, juste... vous savez, je fais la conversation.

Le regard sévère qu'il m'adresse dit qu'il n'est pas intéressé par mes tentatives maladroites de me montrer amicale. Lorsque je me réfugie dans le silence, je me sens ridicule. Quand le chemin se rétrécit et qu'il devient impossible de chevaucher côte à côte, je suis soulagée.

Je recule et le laisse prendre la tête. Après tout, c'est son domaine.

Le bruit de l'eau devient de plus en plus fort. L'air devient si humide que je peux le sentir en chevauchant. Puis le Monstre s'arrête, et regarde le chemin.

Juste devant, il y a une petite rivière, dont la rive est

constituée de rochers pointus. Le Monstre me regarde en levant les sourcils.

— Tu veux aller voir ?

Je suis déjà en train de descendre de mon cheval, avide de voir quelque chose de nouveau et de différent. Mais ce à quoi je ne me suis pas préparée, c'est à quel point le sol est rocailleux.

Je trébuche et commence à tomber, en levant les yeux vers le visage du Monstre. Je sens alors deux bras qui me serrent, m'enveloppent et m'aident à trouver mon équilibre.

Sin est juste là, apparemment il avait anticipé ma chute. Je lève les yeux vers lui et ressens un élan de gratitude. Quand je regarde le Monstre, son expression est devenue mauvaise et sombre.

Je sors immédiatement des bras de Sin, et redresse le dos. En me tournant vers le Monstre, j'affiche mon sourire le plus éclatant.

— On va voir la rivière ?

Comme si le moment où Sin m'a attrapée n'était pas un sujet d'inquiétude pour lui. Ce qui devrait être le cas d'ailleurs, mais je ne fais pas confiance au Monstre pour voir ainsi les choses.

Le Monstre nous regarde, Sin et moi. Je peux presque sentir les engrenages tourner, le sentir relier les pointillés les uns aux autres. Ce n'est pas parce que les pointillés n'existent pas que cela signifie quelque chose pour un homme comme le Monstre.

— Tu peux y aller, dit-il à Sin, très lentement. Retourne à la maison. Laisse-nous seuls.

Je me dirige vers le Monstre, la tête haute, déterminée à ne pas laisser le moment s'éterniser. J'espère que si j'agis comme si rien ne s'était passé, le Monstre décidera que ce n'est rien.

J'ai très envie de regarder en arrière, de regarder Sin s'éloigner, mais je ne le fais pas. Au lieu de cela, je me dirige simplement vers la rivière.

— Pensez-vous qu'il peut y avoir des serpents ? je demande au Monstre, pour détourner son attention de Sin. Mon Dieu, j'espère que non. Je ne pense pas que ces bottes soient vraiment faites pour courir.

Le Monstre fixe la rivière, sa main s'approche du bas de mon dos.

— Je ne sais pas.

Je lui souris, en essayant de soulager notre gêne mutuelle. Tout ce que je peux faire, c'est prier pour que cela fonctionne.

19

ARSEN

— Vous voyez, les projections pour l'année prochaine sont importantes parce que...

Le type à l'air guindé continue son discours monotone. Normalement, je ne crois pas aux conférences téléphoniques. Mais quand quelqu'un de connecté au cartel Madrigal m'appelle, je prends le temps nécessaire. C'est l'un des cartels les plus puissants au monde, et il dirige la majeure partie de l'Amérique du Nord.

Quand ils appellent, j'écoute.

Mais aujourd'hui, ils me déçoivent vraiment. Je suis l'un des cinq grands patrons à qui ils parlent. Il semble de moins en moins probable que j'obtienne le contrat pour distribuer tous leurs produits dans le sud des États-Unis.

Et vu que le patron qu'ils préfèrent est apparenté à eux par le sang, il n'y a pas vraiment quoi que ce soit que je puisse faire pour augmenter mes chances. Mis à part assassiner les chefs de la mafia.

Cette idée n'est pas hors de question, loin s'en faut. Je me fais craquer les articulations, je suis agité. Le type continue à parler de son raisonnement sur le choix d'un proche, et je suis sur le point de craquer.

Je me penche, et je l'interromps :

— Donc, en gros, vous allez choisir les gars de Chicago ?

Il y a une pause à l'autre bout. Je regarde mon téléphone portable, assis à côté de mon ordinateur portable. J'ai mis le gars mal à l'aise, c'est assez évident.

— C'est vraiment une question de responsabilité fiscale...

Je mets fin à l'appel, furieux. En regardant la cour par la fenêtre, j'essaie de calmer ma rage, mais elle ne fait que s'accumuler à l'intérieur de moi.

Des sentiments d'impuissance et d'insatisfaction envers moi-même résonnent dans ma tête.

Inutile.

Zéro.

Pourquoi est-ce que j'essaie de faire quoi que ce soit ?

Frustré, je balaye toutes les affaires sur mon bureau d'un geste de la main et j'envoie mon ordinateur portable et mon téléphone s'écraser sur le sol. Mais ce n'est pas suffisant pour moi...

Non, j'ai besoin de me défouler sur quelqu'un.

Et pas sur n'importe qui. Fiore occupe déjà une place centrale dans mon esprit, elle prend trop de place dans mon cerveau. Elle est présente dans mon esprit depuis que je tente de conclure ce marché avec le cartel, ce qui me distrait.

Elle me détourne de mes affaires, de mon argent.

C'est comme si elle ne *voulait* pas que je réussisse.

Elle est sur le point de découvrir ce que cela signifie pour elle, personnellement, quand je n'arrive pas à mes fins. Ma fureur ne fait que grandir et s'accroître à chaque instant qui passe. J'en suis moi-même conscient.

Je me dirige vers sa chambre en marchant dans le

couloir, déterminé à rejoindre Fiore. Elle devra accepter quand j'arriverai là-bas ; elle ne pourra rien me refuser.

Plus maintenant. Plus besoin de faire semblant de ne pas vouloir.

Quand j'arrive à la porte de sa chambre, je la trouve sur son lit, en train de lire. Elle est allongée sur le ventre, les jambes repliées en l'air, une mèche de ses cheveux blonds enroulée autour d'un de ses doigts.

Si c'était un monde différent, un endroit différent, elle serait une fille innocente qui ne fait que lire un livre. Mais le monde est cruel, assez cruel pour avoir mis Fiore dans la même stratosphère que moi.

Je la voulais avant même de la voir, je désirais ses cris et ses gémissements. Je voulais savoir ce que je ressentirais lorsque je prendrais enfin sa virginité.

Maintenant, je suis sur le point de le découvrir.

Elle tourne la tête pour me regarder, ses yeux s'élargissent quand elle réalise qu'elle n'est pas seule. Mon surnom résonne sur ses lèvres.

— Monstre ?

Poussé par les pensées dans ma propre tête, je me dirige vers elle. Elle s'assied, plie un pied sous son corps et ramène une mèche de cheveux derrière son oreille. Elle a l'air inquiète.

— Est-ce que vous...

Je l'interromps, en l'arrachant du lit par le bras. Je la fais tourner, je lui retire les cheveux du cou, pour pouvoir y sentir sa peau. Elle se braque, surprise.

— Je... commence-t-elle à dire, mais je la fais taire en grognant. Je tords un de ses bras derrière son dos, la maintenant en place grâce à une prise douloureuse. Ah !

Je lui mords la nuque, me rapproche, mets mon corps imposant en contact avec son corps frêle. Notre différence de taille m'excite, tout comme le fait que je pourrais blesser son corps si je le voulais.

Et une partie de moi ? Une partie de moi veut le faire.

En la poussant brutalement sur le lit, je commence à détacher ma ceinture. Elle se relève, se retourne et me regarde.

— Qu'est-ce qui ne va pas chez vous, en ce moment ?

Je défais ma chemise, ma ceinture toujours à la main.

— C'est toi mon problème, Fiore.

Elle me regarde, sa poitrine se soulève et s'abaisse, elle respire plus fort.

— Qu'est-ce que ça veut dire ?

J'attrape sa cheville, la tirant jusqu'au bord du lit.

— Ferme ta gueule et fous-toi à poil.

Je plie ma ceinture en deux, je la tiens tendue entre mes mains pour qu'elle soit comme un fouet. Ses yeux me suivent nerveusement alors qu'elle commence à remonter sa robe légère sur sa tête.

Elle révèle des kilomètres et des kilomètres de peau crémeuse et pâle et des courbes fermes que mes mains veulent explorer. Encore mieux, elle frissonne, tremble.

Ses mamelons sont durs, ses seins se soulèvent, ses yeux sont écarquillés. Mon souffle est coupé par son regard, la peur mêlée au désir.

Oui, elle aussi, elle en a elle. Je n'en doute pas un instant.

Elle voudrait me faire croire que tout cela est dû à la peur, mais je connais la vérité. Je sais qu'elle me désire, presque autant que je la désire.

En la considérant un instant, je joue avec la ceinture dans mes mains. Qu'est-ce que je veux le plus ?

Oublions ça, j'ai déjà répondu à cette question suffisamment de fois. Je veux tout ce qu'elle a à offrir.

Mais qu'est-ce que je veux d'abord ?

— Retourne-toi, dis-je, mes paroles sont lentes et précises. Mets-toi à genoux.

Tremblante, elle me regarde comme un lapin regarderait un loup, elle s'éloigne de moi en se retournant. Elle s'agenouille puis se met à quatre pattes, elle me tend son petit cul parfait. Je m'avance et lui empoigne les fesses.

Il est si ferme et si rond, la chair n'est pas marquée, elle n'a pas été touchée par un autre homme. Elle frissonne nerveusement alors que je descends mes mains sur ses cuisses, je les écarte l'une de l'autre.

Sa chatte se révèle à moi, aussi juteuse et tentante qu'une pêche. Agenouillé sur le lit juste derrière elle, je caresse ses lèvres extérieures, je fronce les sourcils tant je suis concentré. Elle tourne la tête, se mordille la lèvre inférieure.

Elle essaie de ne pas faire de bruit, de faire semblant qu'elle n'a pas envie que je touche sa chatte, que je trouve son clito. Elle ne veut pas que je sache qu'elle est excitée. Mais le corps ne ment pas...

En regardant sa chatte à ce moment précis, en caressant ses lèvres extérieures, je peux voir sa mouille. Elle ne peut pas me le cacher. Je ne suis pas intéressé par le fait qu'elle veuille ou non que je sache ce qui est si évident.

En me penchant en avant, sans la toucher d'aucune autre manière, je passe deux doigts sur la ligne de sa chatte et je trouve son clito. Elle baisse la tête et gémit doucement.

Le son de ses gémissements nourrit quelque chose de profond et de sombre dans mon âme. Ça me fait bander, et je pense aux bruits qu'elle va faire quand je la baiserai si fort qu'elle ne pourra plus marcher correctement.

Je fais des cercles autour de son clito du bout des doigts, en profitant du fait qu'elle se penche en arrière pour en avoir plus. Plus de contact, plus de friction. Son corps est gourmand, même si elle ne comprend pas encore pourquoi.

Elle fait des bruits de respiration, des petits oh de plaisir. Je jette la ceinture sur le côté et déplace mes doigts vers son entrée, la pénétrant d'un centimètre seulement.

— Oh-oh, oh mon Dieu, chuchote-t-elle. Je tends le cou pour regarder son visage et la voir se forcer à fermer les yeux. Elle est chaude et glissante contre mes doigts, et je réprime un gémissement.

Je me force à prendre mon temps, je veux lui donner envie de baiser. Quand elle voudra baiser, quand elle me suppliera de lui donner ma bite, là, ça vaudra le coup.

Je retire mes doigts et les enfonce à nouveau, plus profondément cette fois. Je les rentre et les sors, plus profondément à chaque fois jusqu'à ce que mes deux doigts soient aussi enfoncés que possible. Je croise les doigts à l'intérieur d'elle, en appréciant le son étranglé qu'elle émet.

Elle me recouvre la main de crème. Je sors de sa chatte, en me concentrant plutôt sur son clito. Elle s'agrippe au lit et se met à crier, mais je ne la laisse pas jouir. Je continue à la caresser lentement.

Je veux qu'elle soit au bord de l'orgasme, mais pas encore tout à fait. Je veux qu'elle en meure d'envie, qu'elle me supplie de mettre fin à ses souffrances. Et à en juger par la façon dont elle me regarde, se mordant la lèvre, rougissant et essayant de ne pas gémir, j'y suis presque.

— Je ne te laisserai pas terminer comme ça, lui dis-je, en lui pétrissant le cul avec ma main libre. Il n'y a rien pour moi là-dedans.

Elle me regarde, les yeux suppliants :

— Ah non ?

Je secoue la tête.

— Non.

En continuant mes caresses indolentes autour de son clito, je ralentis encore davantage la cadence. Elle émet un son contrarié.

— S'il vous plaît ? demande-t-elle.

— S'il vous plaît quoi ? Je demande, en me concentrant sur son cul parfait.

— S'il vous plaît, laissez-moi... ou faites-moi... dit-elle, trébuchant sur le dernier mot. Vous savez.

— Pas comme ça, je réitère.

— S'il vous plaît ? Je vais... Je vais vous aider...

Elle gémit.

— Quoi ? En me taillant une autre pipe ?

Je glisse à nouveau mes doigts dans son entrée, en la taquinant. Même si cela semble être une bonne idée, j'ai en tête quelque chose de bien mieux.

Je vois les pièces du puzzle se mettre en place.

— Vous voulez...

— Te baiser ? Oui. En pressant ma bite dure contre son cul, je nous fais gémir légèrement tous les deux. Je pensais que c'était évident.

Ses yeux se ferment quand je lui donne de nouveau des coups de reins dans le cul. Elle devient de plus en plus impatiente, comme je le voulais.

— Tu devrais te tourner à nouveau, pour que je puisse voir ton visage quand je vais te faire jouir, lui dis-je en baissant la voix. Je peux toucher tes nichons pendant que je défonce tout ton corps. Tu n'as qu'à dire oui.

Je lui enfonce mes doigts tout doucement en poussant ma bite contre son cul. Elle ouvre les yeux et me regarde. Je peux voir la douleur que je lui cause, affichée sur son visage.

Elle hésite pendant une longue seconde, puis me fait un petit signe de tête.

Oui. Ce petit mouvement, son signe d'acquiescement, est

exactement ce que j'attendais. Je retire mes doigts de son corps et m'éloigne du lit, j'enlève ma chemise et je défais la fermeture éclair de mon pantalon.

Ma bite n'a jamais été aussi dure qu'en ce moment, à regarder cette fille. Sans vouloir attendre une seconde de plus, je l'attrape et la retourne sur le dos, savourant l'innocence de ses yeux écarquillés.

C'est la première fois qu'elle pose les yeux sur mon corps nu, sur ma bite alors que je la pousse sur le lit. Je sais que mon corps est sacrément musclé. Je sais que j'ai un putain de corps. Je sais que c'est impressionnant pour les femmes. Il n'y a aucune raison de le cacher, aucune raison de ne pas me délecter de l'admiration que m'apporte ma putain de grosse queue.

À genoux devant elle, je lui écarte les cuisses. Je saisis ses seins pendant une seconde, provoquant un petit piaillement des lèvres de Fiore. Puis je baisse les yeux, je saisis ma bite et la place contre son entrée. Sa chatte humide et juteuse crie mon nom ; le sang dans mes oreilles coule si fort que je n'entends plus rien.

Je regarde le magnifique visage de Fiore, la coloration de ses joues, la façon dont elle se mord la lèvre. J'appuie le bout de mon gland contre sa chatte, je l'enfonce juste un peu. Je serre les dents tandis que sa chatte s'agrippe à ma bite.

C'est tellement bon, putain.

— Putain ! dit-elle, le souffle court et les yeux écarquillés.

Je me retire et m'enfonce à nouveau, cette fois-ci jusqu'au fond. Elle fait un bruit étouffé, mais elle ne bronche pas. Sa chatte est comme de la soie chaude, elle trait déjà ma bite au maximum.

— Bon sang , je marmonne, en essayant de mettre du

rythme. Putain, t'es si serrée. Ta chatte est tellement bonne, Fiore.

Je fais des va-et-vient en caressant un de ses seins. Elle ronronne pratiquement sous le poids de mon corps, sa main vient se poser sur mon dos. Je lui remonte les jambes, ce qui rend sa chatte encore plus serrée. Je me penche en avant et lui mordille le cou, la faisant ainsi légèrement descendre du lit.

—Oh, chuchote-t-elle. Oh... n'arrête pas...

Je peux sentir l'orgasme se propager dans le bas de mon corps. Si je me concentrais, je pourrais l'atteindre en une minute. Mais je veux que Fiore apprécie aussi ce moment.

Surtout parce que je veux qu'elle sache que nous avons baisé uniquement parce qu'elle a accepté... mais aussi parce que je ne veux pas que ce soit la seule fois où nous baisons. Je veux qu'elle m'attende à la porte quand je rentre à la maison, prête à me présenter sa chatte. Je veux qu'elle meure d'envie de se faire baiser.

Alors, je me penche en arrière et glisse ma main entre nous, trouvant son clitoris. Elle devient encore plus réceptive lorsque je fais le tour de son clito avec le bout de deux de mes doigts, ses ongles me marquant le dos et les épaules.

Je la martèle avec ma queue et je commence vraiment à transpirer, ma respiration est saccadée. Putain, je vais bientôt jouir. J'ai juste besoin qu'elle finisse d'abord.

— Oh... oh... oh, Monstre, supplie-t-elle, en essayant de bouger avec moi pendant que je la défonce. Continue comme ça...

Je la sens s'enrouler comme un serpent prêt à frapper, sa chatte se contractant en rythme régulier avec mes coups de reins. Je lui pince le clito, et elle passe par-dessus bord, sa chatte convulse, son visage est euphorique.

Je pousse un cri, martelant son corps tandis que sa petite

chatte serrée arrache chaque goutte de mon jus. En retombant sur mes coudes, je laisse ma tête tomber dans le creux du cou de Fiore alors que je lutte pour respirer.

Je retire doucement ma bite de son corps, et je fais une grimace en constatant à quel point ma bite est sensible. Elle voit l'expression que je fais et le prend mal.

— Vous n'avez pas besoin de faire cette tête, dit-elle, toujours haletante.

Je lève les yeux au ciel, je me détache d'elle et me lève complètement du lit. En baissant les yeux, j'essaie de décider si je dois me laver dans la salle de bains de Fiore ou si je dois attendre d'être dans la mienne.

— Tout ne tourne pas autour de toi.

Elle remonte la couette autour de son corps, se dissimulant de ma vue.

— Vous allez juste vous en aller ?

Nu comme le jour de ma naissance, je me penche près d'elle, je saisis son poignet *avec force*. Je ricane :

— Je pense que tu as oublié qui a le pouvoir ici. C'est moi, au cas où tu aurais besoin qu'on te le rappelle. Le peu de pouvoir que tu avais, tu viens de le gaspiller parce que tu étais un peu trop en manque.

Elle reste la bouche ouverte, complètement sous le choc. Je la libère, je me retourne et sors de sa chambre en trombe. Il est préférable d'établir une position dominante maintenant, juste au cas où elle se ferait des idées.

Une voix à l'arrière de ma tête me dit que je suis faible d'avoir pu la laisser m'atteindre autant qu'elle l'a fait. Que j'étais juste censé l'utiliser, la défoncer, éviscérer son innocence.

En fronçant les sourcils, je dis à cette voix d'aller se faire foutre et je continue vers mes appartements.

20

KATHERINE

Une fois que le Monstre est parti et que je suis à nouveau seule, je me reproche immédiatement de m'être montrée si faible et stupide au point d'avoir couché avec lui. Quand il m'a regardé pour obtenir mon accord... quand j'ai fait un signe de tête...

Quand j'ai joui si fort et que j'ai pratiquement aspergé sa bite, je lui ai donné ma permission. Et ce petit bout de permission était ma seule monnaie d'échange. Maintenant, je suis sans défense face à lui, pire qu'inutile.

Les larmes me montent aux yeux quand je pense à ce que j'ai fait. Pire encore, je me suis dévalorisée.

Je me sens... souillée. Utilisée. Brisée.

Déchirée, d'une manière que je ne pourrai jamais récupérer.

Je m'habille très lentement, en m'en voulant. Je reproche au Monstre d'être exactement ce que son nom indique qu'il est. Je pleure sur quelque chose que je ne peux pas expliquer. Pas la perte de ma virginité, parce qu'il n'y a rien à déplorer. Mais la perte de ma liberté. De mon bonheur. De ma vie entière, à la Nouvelle-Orléans.

Envolée, envolée, envolée.

Je suis allongée dans mon lit, ma couette remontée jusqu'au cou. J'essaie de me calmer, en fermant les yeux. Je dois m'être endormie car quand j'ouvre à nouveau les yeux, je vois le visage de Sin. Il me secoue.

— Réveille-toi, chuchote-t-il en jetant un coup d'œil par-dessus son épaule.

— Pourquoi est-ce que tu...

Il arrête mes paroles en mettant ses doigts contre ma bouche.

— Sssshhhh.

Je m'assois, j'essaie de me débarrasser de mon état léthargique. Sin regarde partout, il remarque que la porte de ma salle de bain est ouverte. Il me fait signe de me taire, puis se dirige vers la salle de bains. Je le suis en silence, incroyablement curieuse de savoir ce qui se passe exactement.

Il nous enferme dans la salle de bains, mais il parle encore si bas que je ne l'entends presque pas. Il se met à côté de mon oreille en chuchotant.

— Tu veux toujours partir ?

Je me recule, je passe une main dans mes cheveux blonds.

— Pourquoi ?

Sin semble ennuyé :

— Oui ou non ?

— Bien sûr que oui...

— Baisse la voix ! chuchote-t-il en jetant un coup d'œil à la porte derrière lui. Putain de merde ! Tu veux qu'on se fasse choper ou quoi ?

En le fixant pendant plusieurs longues secondes, j'essaie de tout reconstituer :

—Tu dis...

— Je l'ai entendu parler. Il va me virer et me remplacer par quelqu'un qui ne t'attire pas, ou une connerie du genre.

— Et ? dis-je, pleine d'espoir.

— Et c'est probablement ma dernière chance de te faire sortir de la maison.

Il ne s'attend pas à ce que je l'embrasse aussi rapidement et aussi fort, à en juger par le son qu'il fait.

— Oof.

Les larmes me piquent les yeux, des larmes de bonheur. Je ne me suis pas beaucoup permis d'imaginer mon évasion depuis cette première fois, mais maintenant...

Sin me repousse :

— Pas de pleurs. Nous n'avons pas le temps pour ça.

Je renifle et m'essuie le nez avec l'arrière de la main, je hoche la tête.

— Ok. C'est quoi ton plan ?

Il prend un air très sérieux.

— Ouais. Bon, ce n'est pas ce que j'appellerais vraiment un plan à tout épreuve, mais... faudra faire avec.

L'anxiété me passe dans tout le corps.

— Qu'est-ce que c'est ?

— Il va bientôt partir pour l'aéroport. Je suis censé aller en ville pour récupérer quelques provisions peu après son départ. Je pense que le mieux serait que tu te caches dans le coffre de la voiture. De cette façon, je peux te faire sortir clandestinement sans que personne ne te cherche. Personne ne pensera à fouiller mon coffre.

Il semble plus sûr de lui que ne l'indique son expression. Je resserre les yeux.

— Et si ça ne marche pas ?

— Et si ça marche ?

Je soupire, me tourne pour faire les cent pas dans la salle de bains.

— Si ça ne marche pas, si on se fait prendre... Je veux dire, il nous tuera tous les deux. Littéralement. Il soupçonne déjà une sorte de relation entre nous...

Sin prend un air mauvais, en se faisant craquer les articulations.

— Oui. Il a interrogé mes hommes sur notre relation.

Pendant une seconde, je perds mon temps à être contrariée par le fait que le Monstre puisse ne serait-ce qu'imaginer qu'il y a une relation entre moi et Sin. Comment pourrait-il en être ainsi, alors que tout l'air de toutes les pièces où je suis entrée depuis mon arrivée ici est aspiré par le Monstre ?

Je prends une grande respiration pour me calmer.

— Tu penses qu'on devrait y aller quand ?

Il regarde sa montre :

— Il est trois heures et demie. Il est censé partir à quatre heures. Je pense que ce serait mieux si on te faisait monter dans la voiture maintenant avant que tout le monde commence à se réveiller.

Ça me fait un choc.

— Maintenant ?

— Ouais. Je pense que c'est notre meilleure chance. La seule, en supposant que tu veuilles vraiment partir d'ici.

Mon cœur se serre.

— Bien sûr que je veux partir.

— Eh bien... allons-y. Si on descend jusqu'à la porte d'entrée, les voitures devraient déjà y être garées et être prêtes.

Le silence se prolonge entre nous pendant une seconde alors que j'essaie de ralentir mon cœur qui bat la chamade.

— Est-ce que je peux juste... être seule ici pendant une minute ?

Sin hausse les sourcils mais incline la tête. Il sort sans

bruit de la salle de bain et je ferme la porte derrière lui. Pendant que j'utilise rapidement les toilettes, j'essaie de me convaincre que je suis en fait sur le point de m'échapper.

Ma liberté, que je croyais disparue à jamais, est soudain à ma portée. Au lieu de m'inquiéter de ce que veut le Monstre ou de ce que pense le Monstre, je pourrais bientôt être capable de penser à ce que je veux.

Je ris doucement pour moi-même, le premier rire depuis mon arrivée ici. Quelle coïncidence que ce soit au moment où je pars.

Puis je sors de la salle de bains, sans faire le moindre bruit. Sin m'attend, en surveillant l'entrée de la chambre.

— Prête ? dit-il.

Je hoche la tête, en essayant de ne pas être trop effrayée.

Une fois que j'aurai quitté cette pièce, il n'y aura plus de retour possible. Et si je m'enfuis, ma vie sera en danger.

Saisissant nerveusement l'ourlet de ma robe, je suis Sin hors de la chambre et dans les couloirs sombres. La maison est silencieuse à cette heure et tout est fermé. Mes pas semblent bruyants ; en comparaison, les bottes de Sin sont silencieuses. Alors que je le suis et que nous tournons à l'angle pour descendre l'escalier, je jurerai que mon cœur bat tellement fort que cela pourrait attirer l'attention sur notre passage.

Je n'arrête pas de penser à ce que fait le Monstre en ce moment. Et si nous le rencontrons dans la partie de la maison où nous nous faufilons ? Ce serait une anomalie, bien sûr, mais ce n'est pas impossible.

Dans le fond de mon esprit, je suis déjà en train de craindre ce qu'il va faire et dire s'il nous trouve. Je me prépare déjà au le moment de vérité et je ne peux m'empêcher de nous imaginer tous les deux agenouillés par terre, alors que le Monstre se tient devant nous, avec son air menaçant et sans pitié.

Je sais ce que les hommes comme mon père appellent tirer sur quelqu'un à bout portant. *Une simple exécution.*

Le fait de savoir ça est comme un morceau de charbon froid qui se solidifie dans le creux de mon estomac. Alors que je suis Sin dans la dernière partie de l'escalier, je ne peux empêcher les tremblements qui secouent mes mains. Sin s'arrête sur la marche la plus basse et lève la main. Je suis son ordre et m'arrête.

Il reste immobile comme une pierre, écoutant attentivement. De longues secondes s'écoulent, sans que j'aie la moindre idée de ce qu'il entend. Je reste derrière lui, espérant et priant pour que le Monstre ne soit pas sur le point d'arriver par ici.

Puis Sin rerecommence à marcher et me fait signe d'avancer dans le couloir mal éclairé. Nous tournons à l'angle et il me pousse vers la porte d'entrée du manoir. Pour une raison inconnue, cela me rend anxieuse.

Je ne suis jamais passée par la porte d'entrée. Je n'ai jamais eu le droit de le faire, tout simplement.

Il se faufile discrètement, et je le suis comme son ombre. Puis, enfin, nous arrivons à la porte d'entrée, et il me fait signe d'attendre à nouveau.

Il se glisse vers la porte, aussi furtivement qu'une panthère. La porte possède une grande fenêtre en verre au milieu, et Sin regarde à l'extérieur.

Je fais de mon mieux pour attendre en silence, même si je tremble si violemment qu'on peut entendre mes dents claquer. À ma droite, le grand escalier monte vers l'étage. Tout autour, il y a des planchers en bois et des murs couleur crème. J'essaie de compter les planches pour me calmer.

Encore une fois, Sin est silencieux et immobile. Encore

une fois, l'attente semble durer une éternité, bien qu'elle ne dépasse pas une minute.

Puis il est apparemment satisfait parce qu'il s'empresse d'ouvrir la porte. Dans ma tête, j'étais préparée à ce qu'une alarme se mette à retentir, mais bien sûr, ce n'est pas le cas.

Pas besoin de mettre une alarme sur une porte lorsque vous avez une équipe de sécurité privée pour surveiller l'ensemble de votre propriété.

Sin ouvre la porte en grand et me fait signe d'avancer. J'hésite puis franchis la porte. Je regarde les voitures, garées à une centaine de mètres de là où je me trouve. Deux Mercedes-Benz, toutes deux parfaitement blanches comme assorties à la maison.

La cour est parfaitement calme et tranquille. Je regarde les zones montagneuses qui, je le sais, s'étalent tout autour de la maison. Je peux sentir quelque chose. Ou ressentir quelque chose.

Je fais signe d'attendre à Sin, mais il secoue vigoureusement la tête. Il m'encourage à avancer, ses yeux se promènent partout, toujours en alerte. Il me prend par le bras, me pousse en avant, et nous descendons quelques marches.

À notre droite, je vois les larges marches en terre battue qui mènent à l'arrière. À gauche, je distingue le pourtour des écuries. Sin me propulse droit devant, puis récupère les clés de la Benz dans son gilet.

Encore une fois, je perçois quelque chose d'anormal dans tout ça, un petit sentiment de malaise. Mais je laisse Sin me pousser vers l'arrière de la voiture, où il ouvre le coffre. J'hésite encore une fois à quelques mètres seulement de la voiture.

Il y a quelque chose qui cloche. Sin me pousse brutalement vers le coffre.

— Monte, chuchote-t-il sèchement. Maintenant, avant...

Puis tout bascule. Une balle traverse l'air, manquant Sin de quelques centimètres. Il s'accroupit et se rapproche de la Benz en essayant de déterminer d'où provenaient les tirs.

Je l'entends marmonner.

— Merde.

Des lumières aveuglantes illuminent la pelouse. J'entends des hommes descendre en courant les marches qui mènent à l'arrière-cour. Je jette un coup d'œil autour de la voiture et vois que Sin est entre eux et moi.

Je parie qu'on leur a dit de ne pas me tirer dessus. Du moins, je l'espère...

Le cœur battant, je pars dans la direction opposée, vers les écuries. Les hommes derrière moi crient en espagnol, mais je comprends très bien ce qu'ils veulent dire.

Attrapez-la !

Je sprinte vers les écuries, mes jambes s'élancent à toute vitesse, mon cerveau a du mal à suivre. Du coin de l'œil, j'aperçois le Monstre à une certaine distance. Il descend les escaliers de devant, sans même me regarder.

Oui, il y a peut-être encore une chance.

Si j'arrive à entrer dans la forêt, au-delà des écuries... je pourrais peut-être encore m'échapper.

En serrant les dents, je me précipite vers les écuries, en courant à toute allure.

21

ARSEN

Je suis au courant du petit flirt entre Fiore et Sin depuis des jours. Depuis des semaines, en fait. J'aurais dû m'en rendre compte la première fois que j'ai vu la connexion dans les yeux de Fiore. J'aurais dû le virer.

Putain, j'aurais dû le tuer juste pour avoir regardé ce qui est à moi.

Je me précipite sur la pelouse devant chez moi à une heure ridiculement matinale, où plusieurs de mes gardes ont capturé Sin. Je sors mon flingue de l'arrière de mon pantalon, et je le tiens en joue. Il bredouille en espagnol, et dit à ses hommes qu'ils devraient m'attaquer. Il parle de loyauté, ou de conneries du genre.

Mais Sin devrait savoir que ces hommes accordent plus d'importance au prix de l'or qu'à celui de la loyauté. Il est l'un d'entre eux après tout, un mercenaire jusqu'à la moelle. J'ai détecté quelque chose il y a plusieurs jours, puis j'ai eu une discussion privée avec chacun de ses hommes.

Par conséquent, ils sont devenus mes hommes.

— Où est-elle, putain ? J'exige de savoir, en pointant

l'arme directement sur lui. Hein ? Où est cette petite salope infidèle ? Dis-le-moi, et je ne te mettrai pas une balle dans la tête tout de suite.

Il ne parle pas, mais jette un regard nerveux vers les écuries. Je tourne la tête, et aperçois une tache rouge sang qui disparaît dans les écuries.

— T'es vraiment stupide, je dis à Sin. Je crache sur le sol près de lui. C'est peut-être une pute, mais tu n'es pas assez bien pour elle.

— Ce n'est pas ce que vous pensez, dit-il, en se levant.

Je le regarde droit dans les yeux et lui mets une balle dans la tête. Il gémit pendant une seconde, puis s'affaisse, mort. J'aurais aimé passer un peu plus de temps avec lui, pour lui donner une vraie leçon sur la façon dont on traite les traîtres.

Mais j'ai une fille à traquer. Des priorités.

— Prenez les 4x4, dis-je au Colombien qui se tient à côté de moi. Je parie qu'elle est allée sur la piste derrière les écuries.

— Bien monsieur, dit-il en partant au pas de course.

Je me précipite aussi vers les écuries, l'esprit étrangement clair. Fiore est la chose la plus importante à laquelle je pense en ce moment. La trouver. La ramener.

La punir.

Je suis calme quand je traverse les écuries, calme alors que je monte dans un 4x4, concentré alors que je dévale le chemin à toute vitesse.

Il fait sombre dans cette forêt à cette heure matinale, vraiment sombre. Pendant quelques secondes, il n'y a que moi et la forêt. Je commence à me demander si je ne me suis pas trompé, si elle n'a pas pris un autre chemin, si...

Le bruit de la rivière devient de plus en plus fort. Je suis presque sur le point de m'avouer vaincu, de faire demi-tour et de repartir.

Et puis je vois un flash de la robe rouge sang. Je peux tout juste la distinguer, en train de courir devant moi. Elle a dévié du chemin, elle court vers la rivière.

Elle est intelligente si elle a planifié cela. Je ne peux pas aller bien loin hors du chemin, alors je dois continuer jusqu'à la rive rocheuse de la rivière. Je fonce jusqu'à l'endroit où l'eau coule, j'arrête le moteur, je laisse le 4x4 tourner au ralenti, et je cours sur la berge. Je la vois maintenant, à quelques centaines de mètres seulement, ses longs cheveux blonds volent sauvagement derrière elle.

Je la poursuis parce que c'est la seule chose que je sais faire.

J'aperçois les bras et les jambes pâles de Fiore qui bougent de manière floue. Je remarque qu'elle ralentit un peu, qu'elle boite. Il me vient à l'esprit que, pendant que je cours sur ce rivage rocheux avec mes bottes, elle est pieds nus.

La rivière devient de plus en plus bruyante et annonce la proximité de la chute d'eau quelque part. Apparemment, elle le découvre parce qu'elle s'arrête soudainement en me regardant.

Je souris. J'ai gagné, mais elle ne le sait pas encore. Parce qu'elle a trois options...

La première, c'est de continuer à courir vers la gauche. Au final, la combinaison de mes gardes, de ses pieds nus et de ma force physique pure finira par avoir le dessus sur elle. Elle tombera, je la rattraperai et je gagnerai.

Deuxième option, elle peut sauter. Connaissant cette chute d'eau, elle perdrait la vie. Dans ce cas, je gagne aussi.

Troisième option, elle abandonne maintenant. Et puis... surprise, surprise. Je gagne, encore.

Mon sourire est toujours en place alors que je cours vers elle. Elle regarde le sol au-delà de l'endroit où la terre se dérobe, elle essaie de mesurer la distance.

— Ne saute pas, je lui crie, un peu essoufflé. Ou fais-le. Mais ne le fais pas à cause de moi. Une esclave morte n'est d'aucune utilité pour moi.

Je peux voir le blanc de ses yeux, se détachant dans la lumière faible. Le regard sur son visage, comme si elle ne parvenait pas à croire où elle se trouve en ce moment. Une seule larme coule sur son visage, et elle ne fait aucun mouvement pour essayer de l'enlever.

Elle jette un regard en bas, vers les chutes. Elle n'a plus le choix. Elle n'a plus le temps.

— Allez-vous faire foutre, murmure-t-elle. C'est vous qui m'avez fait ça. Vous qui m'avez poussée à en arriver là, aujourd'hui.

— Personne n'a dit que j'allais bien te traiter, lui dis-je en haussant les épaules, en me dirigeant vers elle.

— Arrêtez ! ordonne-t-elle.

Mais je n'en fais rien. Il n'y a plus qu'elle et moi maintenant, elle et moi et cette pente raide.

— Reviens maintenant, et nous pourrons parler de ta punition...

Une seconde avant de sauter, elle me sourit et me regarde d'un air moqueur. Ce regard, ses yeux bleus qui me fixent... il me pénètre comme si je n'étais rien.

Puis elle saute ou plutôt se laisse tomber. Elle disparaît soudainement en poussant un cri.

Je ne sais plus quoi dire.

C'est quoi, ce bordel ?

Je me dirige vers le bord, en regardant vers le bas dans l'eau noire écumeuse. Elle tourbillonne et gargouille comme si rien ne s'était passé.

Autour de moi, les bruits de la forêt s'estompent, et je n'entends plus que la rivière et le son des battements de mon cœur.

Lisez Convoitise ensuite!

Personne ne vient me sauver. Je suis sa Fiore maintenant, sa fleur.
Il fait ce qu'il veut de moi. Et il veut *tout*.
Le Monstre veut mes larmes, mes cris de plaisir, mes frissons de peur.
En échange, il m'apporte aussi ces moments de clarté saisissante.
Je sais qui je pense être. Je sais qui il dit que je suis.
J'ai l'impression d'être entre les deux, perdue dans un océan de douleur.
Quand il ramène mon frère avec un large sourire, je suis obligée de choisir entre les deux.
C'est un choix simple : la seule famille qui me reste, ou le Monstre qui m'attire de plus en plus ?

Lisez Convoitise ensuite!

LIVRES DE JESSA JAMES

Mauvais Mecs Milliardaires

Du Bout des Lèvres

Un Accord Parfait

Touche du bois

Un vrai père

Mauvais Mecs Milliardaires - Toute la série

Club V

Dévoilée

Défaite

Percée à Jour

Club V Coffret

Le pacte des vierges

Le Professeur et la vierge

La nounou vierge

Sa Petite Pucelle Dépravée

Le Cowboy

Comment aimer un cowboy

Comment garder un cowboy

Livres autonomes

Supplie-Moi

Fiançailles Factices

Pour cinq nuits et pour la vie

Désir

Mauvais Comportement

Mauvaise Réputation

Chaud comme la braise

Embrasse-moi encore

Dr. Sexy

Un homme à vraiment tout faire

Capture

Contrôle

Convoitise

Fais Comme si J'étais à Toi

ALSO BY JESSA JAMES

Bad Boy Billionaires

A Virgin for the Billionaire

Her Rockstar Billionaire

Her Secret Billionaire

A Bargain with the Billionaire

Billionaire Box Set 1-4

The Virgin Pact

The Teacher and the Virgin

His Virgin Nanny

His Dirty Virgin

The Virgin Pact Boxed Set

Club V

Unravel

Undone

Uncover

Club V - The Complete Boxed Set

Cowboy Romance

How To Love A Cowboy

How To Hold A Cowboy

Treasure: The Series

Capture

Control

Bad Behavior

Bad Reputation

Bad Behavior/Bad Reputation Duet

Beg Me

Valentine Ever After

Covet/Crave

Kiss Me Again

Contemporary Heat Boxed Set 1

Handy

Dr. Hottie

Hot as Hell

Contemporary Heat Boxed Set 2

Pretend I'm Yours

Rock Star

The Baby Mission

À PROPOS DE L'AUTEUR

Jessa James a grandi sur la Cote Est des États-Unis, mais a toujours souffert d'une terrible envie de voyager. Elle a vécu dans six états différents, a connu de nombreux métiers, mais est toujours revenue à son premier amour – l'écriture. Jessa travaille à temps plein comme écrivaine, mange beaucoup trop de chocolat noir, à une addiction aux Cheetos et au café frappé, et ne peut jamais se lasser des mâles alpha sexy qui savent exactement ce qu'ils veulent – et qui n'ont pas peur de le dire. Les coups de foudre avec des mâles alpha dominants restent son genre favori de nouvelles à lire (et à écrire).

Inscrivez-vous ICI pour recevoir la Newsletter de Jessa
http://ksapublishers.com/s/jessafrancais

www.jessajamesauthor.com

www.ingramcontent.com/pod-product-compliance
Lightning Source LLC
LaVergne TN
LVHW011830060526
838200LV00053B/3962